人妻と嘘と童貞

雨宮慶

双葉文庫

目次

人妻と嘘と童貞

「なァ、瑛太《えいた》のこと、考えてくれたか」

「いやァね、またァ？」

「ああ。おまえが『いい』といってくれるまでな」

「信じられない……」

綾美《あやみ》が悩ましい表情で焦《じ》れったそうに腰をうねらせながら、あきれた口調でいう。

全裸の綾美に添い寝する格好で秘所を撫でまわしている、同じく裸の倉田《くらた》は、そこで綾美の足元に移動すると、脚を開かせた。

見慣れた秘苑があからさまになった。

熟女の性欲の強さを表しているような、逆三角形状に黒々と繋ったヘア……これまた、貪欲さを表しているような、鶏頭《けいとう》の花に似た赤褐色の肉びら……その眺めをよけいにいやらしく、そのぶん刺戟的《しげきてき》に見せている、肉びらを縁取るように生えた陰毛……その脇にある、倉田が「淫乱ボクロ」と称したホクロ……。

両手で肉びらを分けた。

割れ目がぱっくりと開き、早くもジトッと膣液が浮いた、きれいなピンク色の粘膜が露出した。

そこに、口をつけた。

「アアッ……」

ふるえをおびた喘ぎ声と一緒に綾美が腰をヒクつかせた。

1

「おまえに頼みがある。ただ、さきに断っておくけど、話を聞いたら驚いて怒るに決まってる。でも最後まで我慢して聞いて、俺のいってることをわかってほしいんだ」

そういって倉田征男《まさお》が妻の綾美に、当の倉田自身異常だと思うことを切り出したのは、半月程前のある夜、ベッドの中でのことだった。そして、

「おまえの色気で瑛太を誘惑して、セックスしてるとこを覗き見させてくれないか」

そういったのだ。

瑛太というのは、自動車修理会社を経営する倉田が雇っている高見《たかみ》瑛太という従業員のことで、彼は二十三歳の独身だった。

それを聞いた綾美は、呆気に取られたような表情を見せた。唖然とするあまり言葉もないというようすだった。

だがすぐにプッと吹き出して、

「いやだわ、あなた、冗談はやめて。冗談にしてもひどすぎるわよ」

と、笑っていった。

完全にわるい冗談だと思ったようだった。

無理もない、と倉田も思った。

このことを思いついたとき倉田自身、自分はおかしいんじゃないか、頭がどうかしてしまったんじゃないかと思ったほどだった。

それでいて、それを妻に持ちかけるに至ったのは、綾美が瑛太を誘惑してセックスをするシーンを想像すると、気も狂わんばかりの嫉妬と一緒に強烈な興奮に襲われて、ペニスがいきり勃ったからだ。

しかもそれは、いままでにない興奮と、このところないほどの力強い勃起だった。

ここにきて、倉田は男性機能に問題が生じてきていた。

その兆候が現れはじめたのは、一人娘が大学に入って家を出たあと、夫婦ふたりきりの生活がはじまってほどなくだから、一年ほど前になる。

行為の途中で、勃起しているペニスが萎えてしまう——俗にいう〝中折れ〟がときおり起こるようになったのだ。

当初は一過性《いっかせい》のことだろうと、軽く考えていた。

ところが頻繁に〝中折れ〟に見舞われるようになって、焦りはじめた。

〝中折れ〟になったときは仕方なく、ペニスに替えて指で綾美をイカせていた。

しかしそれが、倉田をますます焦らせることになった。

綾美は倉田より六つ年下の四十一歳だ。とりたてて美人というのではないが歳よりは若く見えて、十九歳の娘がいるとは思えないと、他人からもよくいわれる。

それに優しげな目元や口元に色気があって、いわゆる男好きのする顔立ちをしている。

倉田にとってそれ以上に魅力的なのは、綾美の軀《からだ》だった。

綾美はもともとプロポーションがよくて、四十代に入ったいまもそれなりに均整が取れた状態を保っている。

それだけではない。その軀は三十代半ばあたりから眼に見えて熟れた感じになってきて、軀つきや肌に若いころとはちがう艶かしさが現れ、いまやムンムンするほど濃厚な色気をたたえている。

おまけに綾美は若いときからセックスが好きで、それが熟年になったいまはさらに昂進《こうしん》している感じだ。

もっとも好色ということでは、倉田も綾美のことはいえない。若いときからそれなりに女遊びをしてきて、ちょうど厄年を境に収まっているが、〝中折れ〟はそのツケがまわってきたのかもしれないと自嘲ぎみに思っていた。

そこで倉田は指を使って綾美を、その熟れきった軀を、なんとか満足させようと試みたのだが、所詮、無理なことだった。

それどころか、綾美は倉田の指でイッたあと彼にしがみついてきて、トドメがほしくてたまらないと訴えているかのように腰を振って秘園を押しつけてきた。

無我夢中な、その切迫したようすに、倉田は気圧《けお》されてたじたじとなった。

――このままではいけない。なんとかしなければ、欲求不満が高じて綾美は浮気するかもしれない。

そんな強迫観念にもかられるようになったある日、倉田はたまたま、妻と瑛太が楽しそうに笑いながら話しているのを見た。

そのとき、ふと思ったのだ。

——綾美が俺とではなく、瑛太とセックスをする。瑛太は彼女はいないといっていた。ひょっとしたら、まだ童貞かもしれない。どっちにしても若い瑛太なら、やりたい盛りだし勃ちもいい。綾美も満足するはずだ。瑛太も綾美に好感を持っているようだし、もっとも母親のような感覚でだろうが、綾美に誘惑されたら、あの色気だ、ひとたまりもないだろう。で、ふたりがセックスをしているところを俺が覗く……。

一気にそこまで妄想したところで倉田はうろたえ、自嘲した。

——なにをバカなことを考えてるんだ。頭がどうかしちまったんじゃないか。

それでいて、ペニスは充血し勃起していた。

とんでもない妄想が頭を離れなくなってしまったのは、それからだった。

倉田がやっている自動車修理会社は、従業員を四人抱えている。うち一人は事務と経理を担当している綾美で、あとの三人と社長の倉田とで修理の仕事をしている。

三人の従業員のうち二人は三十代で、すでに結婚していて、一番若い瑛太だけが独身だ。

綾美は日頃から息子のような瑛太のことを可愛がっていた。

それに綾美がいうには、瑛太はHという若い人気俳優に似ているらしい。綾美はHのファンで、瑛太を可愛がっているのはそのためもあるようだ。

倉田は綾美から聞くまでHのことは知らなかった。そういわれてテレビドラマを見て初めて知ったのだが、なるほど綾美のいうとおりだった。

それも顔だちだけでなく、長身で細身の軀つきも、瑛太はHと似ていた。

瑛太には、倉田も目をかけていた。真面目で素直な性格が気に入って、早く仕事を覚えさせてやろうと思っていた。

――瑛太が妄想の中に出てきたのは、そのせいもあったかもしれない。

倉田はそう思った。

――それにしても突拍子もない妄想であることに変わりはない。どうしてこんな妄想が浮かんできたのか……。

つい自問してみたが、理由はわかっていた。――〝中折れ〟だった。

問題は、どうして〝中折れ〟に見舞われるようになったか、だった。

かつての女遊びがたたって——というのは、自嘲まじりに思ったことにすぎず、確たる証拠があったわけではなかった。なにより専門医に診てもらったこともなかった。

妻とのセックスについてもいろいろ考えてもみた。だが原因といえるようなことはなかった。

それどころか倉田にとって、妻の色っぽく熟れた軀も、濃厚で巧みなセックステクニックも、すべてが刺戟的だった。

そうなると、〝中折れ〟を招く原因としては、倉田自身の性的能力の衰え以外には考えられない。

倉田も多少それは感じていた。といっても若い頃に比べてということで、まだ年相応以上の性欲も能力もあると自負していた。

その証拠に、女遊びをやめて一穴主義になってからも、一日置きに妻を求めるほどだった。

熟女の色気が匂いたっている妻の軀に惚れ直したせいもあるが、倉田の性欲は衰えを知らなかった。

にもかかわらず、〝中折れ〟に見舞われるようになったのだから、女遊びのツケがまわってきたのかしれないと思うのも、無理からぬ話ではあった。

それだけに倉田としては困惑するばかりだった。

ところがいろいろ考えて悩んでいるうちに、それまで思いもしなかったことが頭に浮かんできたのだ。

妻の色っぽく熟れきった軀も、巧みなセックステクニックも刺戟的にはちがいないが、倉田にとっては見慣れたものであり、知り尽くしているものだった。

そう考えると、刺戟そのものがマンネリ化していたのに、それに気づかなかったような気がしてきた。

そこで、倉田は思ったのだ。

――このマンネリを打開するためには、カンフル剤のような強烈な刺戟が必要だ。そんな刺戟といったら、あの妄想を実行するしかない！

とはいえ、簡単に実行できるようなことではない。なにより妻の綾美をどうやって説得するか、それが一番の難題だった。

それも常軌を逸した話だけに、下手をすると夫婦関係の危機にもなりかねない。

当然のことに、倉田は真剣に思い悩んだ。そして、意を決したのだ。

——なぜこんなことを考えるに至ったか、すべてを正直に話す。そして綾美が瑛太とセックスをしても、俺の綾美への愛情はこれからもまったく変わらないこと、それどころかいまより強くなること、なぜならこれはその愛情と絆《きずな》を強めるためなのだからということを必死に訴える。それしかない。

それにそのあとのことも考えた。

——俺が何回か綾美と瑛太のセックスを覗いたら、つぎには三人で愉《たの》しんでもいい。

3Pのことは、このとき初めて考えたわけではなかった。綾美と瑛太のことを考えているうちに頭に浮かんできていたのだ。

それならなにも綾美に瑛太を誘惑させなくても、最初から3Pを計画したほうがよさそうなものだが、倉田にはそれができなかった。

なぜなら倉田自身、性欲は旺盛なもののセックスに対する自信を失っていたからだ。

そのため、とりあえずは瑛太のことを綾美に切り出すことにしたのだった。

最初は悪い冗談としか思わず、まったく取り合わなかった綾美だが、倉田の話を最後まで聞くと、思いがけない反応を示した。

真摯《しんし》な説得が効いたのか、怒りだすこともなく、うつむいて黙っているのだ。

もっとも明らかに動揺しているようすだった。

内容が内容だけに、真剣に話せば話すほど、綾美はよけいに憤慨する可能性もある。それをなだめて説得するには苦労するだろう。

倉田はそう覚悟していた。

それだけに綾美の反応には驚かされ、興奮を抑えて探るように訊いた。

「俺のいってること、わかってくれたのか」

「あなたの悩みとか、わたしに対する気持ちとかはわかったわ。でも瑛太くんのことはフツーじゃないわ、異常だわ」

綾美はうつむいたままいった。

「異常だってことは、俺もわかってる。だけど、このままだとどうしようもないんだ。それだとおまえだっていやだろ？　な、わかってくれ、頼むよ」

「そんなこといわれても……わかったなんていえるわけないでしょ」

必死に懇願する倉田に、綾美は困惑したようにいうと、

「ね、もうこんな話やめましょ」

と、話を逸らそうとした。

倉田はなおも説得しようとした。だが思い止《とど》まった。

──綾美が怒りださなかっただけでもヨシとしなければいけない。ここは深追いは禁物だ。

そう自分に言い聞かせたのだ。

それも妻の反応から、脈はなきにしもあらず、という手応えを感じたからでもあった。

ところが、そのあとで倉田は複雑な気持ちになった。

──綾美の奴、瑛太を誘惑してセックスすることに、意外に満更でもない気持ちになったんじゃないか!?

ふとそう思ったからだ。だがすぐに、

──自分からそう仕向けて、そのとおりになる可能性が出てきたんだから喜ぶべきだろう。なのに複雑な気持ちになるとはどういうことだ。

と自問して、内心苦笑いした。

理由はわかっていた。思わず、嫉妬したせいだった。

それから倉田は妻に瑛太のことを何度も持ちかけた。

そのたびに綾美は「またそれ？」「まだバカなことを思ってるの？」などと、うんざりしたりあきれたりした。

それでも倉田はあきらめなかった。辛抱強く、説得を試みた。

するうち、綾美の反応が微妙に変わってきた。

「第一、瑛太くんがこんなおばさんに誘惑されるわけないじゃないの」

と笑っていったり、

「わたしにそんなことさせて、もしもわたしが瑛太くんに夢中になったらどうするの？　あなた、それでもいいの？」

と、倉田を揶揄《やゆ》するような色っぽい表情で見て、訊き返したりした。

それに対して倉田は、

「いや、おまえの色っぽさにかかったら、若い瑛太はイチコロだよ。それは俺が保証する」

とか、

「正直いって、本気で夢中になられたら困るけど、遊びなら大目に見るよ。それでも俺は綾美を愛している、それだけははっきりしている」

などと答えた。

ただ、そういう遣り取りはあるもののそこまでで、綾美は倉田の頼みを聞き入れてはくれなかった。

2

膨れ上がっているクリトリスを舌でこねまわしながら、倉田は上目遣いに妻を見ていた。

黒々と繁茂したヘアの先に、まさに熟れきったという表現がぴったりの裸身が泣くような喘ぎ声と一緒にうねっている。

「ああ〜、いいッ……ああ〜ん、だめ〜、あなたァ、もうだめ〜……」

綾美が感じ入った声でたまらなそうに訴える。

倉田の顎《あご》が密着している膣口がピクピク痙攣《けいれん》しはじめた。

イク前兆だった。

クリッとしている肉芽を、倉田は激しく舌で弾《はじ》いて攻めたてた。

綾美がきれぎれに昂った泣き声をあげる。

その声がたちまち切迫してきた。

「アアだめッ、あなた、もうだめッ、イクッ、イッちゃう！」

ふるえ声を放ってのけぞったかと思うと、

「イクイク……」

なにかに追いたてられるようによがり泣きながら軀をわななかせる。

一呼吸おいて、倉田は起き上がった。

綾美は興奮に酔いしれているような凄艶な表情を浮かべて、オルガスムスの余韻がぶり返しているらしく、軀をヒクつかせている。

そんな妻を見て倉田は、たじろぐような気持ちになった。

以前なら妻がイクのと一緒に倉田もペニスに力感が漲《みなぎ》っていたものだが、このところそれがいっこうにないのだ。

すると、綾美が気《け》だるそうに軀を起こした。そして、倉田の股間に這い寄って顔を埋めてきた。

「毎度のことながら、たぶんご期待には沿えないと思いますけど、そのときはご容赦のほどを……」

倉田が自嘲の苦笑いを浮かべてへりくだっていうと、綾美は倉田を見上げて色っぽく笑い返した。

「お気遣いなく……」

そう応酬して力ないペニスを手にすると、ねっとりと舌をからめてきた。

〝中折れ〟が当たり前のようになってからは〝勃ち〟も悪くなっている。勃っても半勃ちがいいとこで、それを妻の中に押し込み、なんとか射精までもっていくという状態だった。

綾美はペニスを舐めまわしたり咥《くわ》えて吸いたてたりしている。手はふぐりをくすぐるように撫でまわしている。

ときおり、ペニスの裏筋をなぞった舌をふぐりまで這わせて舐めまわし、さらには口に含んで吸ったりする。

わずかにペニスが強張ってきた。

倉田は妻の腰を引き寄せた。下半身を自分の上に導いてシックスナインの体勢にもっていった。

顔の上に、妻の秘苑があらわになった。

両手で肉びらを分けた。ジトッと女蜜が浮いた、きれいなピンク色をした粘膜があからさまになった。

膨れあがっているクリトリスの上の膣口が、倉田の視線を感じてか、それとも弄《いじ》られるのを期待してか、喘ぐような収縮を繰り返している。

そこを指先にとらえて、まるくこねた。

クチュクチュという濡れた音がたって、ペニスを咥えて舌でくすぐりたててい る綾美がせつなげな鼻声を洩らして身をくねらせる。

膣口に指を挿し入れた。

ヌルーッと滑り込んだ指を、えもいえずエロティックな感覚を秘めた肉壺が、ジワッと締めつけてくる。

倉田は肉壺をこねたり指を抽送したりしながら、べつの指でクリトリスを撫でまわした。

綾美の鼻声と身悶《みもだ》えが一段とたまらなそうになる。腰がクイクイ律動しはじめた。

倉田の指の嬲《なぶ》りをもどかしがって、もっと、もっと、と快感を欲しがり貪ろうとしているような、いやらしい腰つきだ。

「ああ～、あなたァ……うう～ん、だめ～」

昂った声でいって背中をまるめ、ついでのけぞったかと思うと「イクッ」と呻《うめ》き、軀をたてつづけにヒクつかせる。

膣ではなく、クリトリスでイッた感じだった。

そのまま綾美が這って倉田の下半身のほうに移動し、背中を向けて倉田の腰をまたぐ格好になった。

綾美の手が、わずかに強張っているペニスを取り、亀頭を肉びらの間にこすりつける。

「ああッ……あぁン……」

ヌルヌルしたクレバスにペニスを繰り返しこすりつけて、腰をもどかしそうにくねらせながら、綾美がふるえをおびた声を洩らす。

そうやって倉田を刺戟し、ペニスが挿入可能になったところで肉壺に収めるつもりなのだ。

熟女ならではの濃厚な色気をたたえた、むっちりとしたヒップのいやらしいうごめき……肉棒が肉びらの間にこすりつけられている、淫らなようす……。

煽情的な情景が、まともに倉田の眼に入る。

それに、亀頭が女蜜にまみれた秘粘膜でくすぐられる快感に襲われる。

にもかかわらず、ペニスはまだ、かろうじて半勃ちの状態だ。そのため、ときおり綾美が入れようとしても、うまくいかない。

「あなた、瑛太くんのこと、ホントに本気なの？」

　唐突に綾美がうわずった声で訊いてきた。

「もちろんだ。だから何度も頼んでるんじゃないか」

　そう答えた倉田は、ハッとした。

　綾美は後ろを向いているので、表情から気持ちを読むことはできない。だがもしやと思い、気負って訊いた。

「おまえ、俺がホントに本気だったら、いいのか⁉」

「あなたが、どうしてもっていうなら……」

　綾美が亀頭で膣口をこねながら、もどかしそうな口調でいう。

　倉田は胸が弾み、喜びが込み上げてきた。それ以上に興奮した。

　そのせいかどうか、みるみるペニスが強張ってきて、ツルッと綾美が膣口に押し込んだ。

　そのまま、腰を落とす……。

　ヌル－ッと、肉茎が蜜壺の奥まで滑り込むと、

「ア－ッ！」

　綾美は感じ入ったような声を放った。

　すぐにそうせずにはいられないように、クイクイ腰を振る。

「アアいいッ、気持ちいいッ……あなた、いいわッ」

昂った声で、たまらなそうに快感を訴える。

結合してから妻がこんな反応を見せるのは、久しくなかったことだ。

倉田は不意に激しい嫉妬と興奮に襲われた。

貪欲に快感を求めて腰を振っている妻の姿が、瑛太の上でそうしているように見えたのだ。

倉田は起き上がると、後背位の体勢で妻を突きたてていった。

今夜は〝中折れ〟の心配はなさそうだった。

3

倉田の自宅は自動車修理会社の上にある。建物は三階建てで、一階に修理工場と事務所、二階と三階が自宅になっている。

綾美が倉田の頼みを聞き入れた三日後の日曜日だった。

午後一時五十分、倉田は三階にある夫婦の寝室に接しているウォークイン・クロゼットに入った。

クロゼットには、通り抜けができるように寝室側と廊下側に扉がある。そのほうが洗濯した衣類をしまうのも、いちいち寝室を通らなくてもいいから便利だと綾美がいうので、そういう仕様になっていた。

この日倉田は、午後から所用で出かけて夜まで帰らないことになっていた。

家にいるのは、綾美ひとりということで、その綾美はいま、二階のリビングルームで瑛太がくるのを待っている。

「社長に内緒でお願いしたいことがあるの。日曜日の午後の二時に家にきてちょうだい。社長は昼から出かけて夜までもどってこないから」

綾美は瑛太にそう伝えていた。

そのときの瑛太の反応を、あとから倉田が綾美に訊くと、驚いたり怪訝《けげん》な顔をしたりドギマギしたようすを見せたりしていたらしい。

倉田は思った。

——色っぽい綾美から、そんな秘密めいたことをいわれたら無理もない。

倉田自身、この三日間、いままでにない精神状態がつづいていた。

抑えようもない激しい嫉妬と、そのぶん高まる屈折した興奮によって、異様な高揚感につつまれていた。

一方、綾美のほうはというと、いままで以上に色っぽく見えた。

そんな妻を見て倉田は、ますます嫉妬と興奮を煽られた。

——瑛太とのセックスを期待しているからではないか。

という疑念が生まれてきたからだった。

そのため何度か、綾美を抱きたくてたまらなくなったことがあった。

だが精力を温存しておこうと、我慢していた。

そうしてこの日を迎えたのだが、倉田は朝からとても落ち着いてなどいられなかった。

ところが綾美は意外にもふだんと変わらないようすだった。

——こういうとき、いざとなったら女のほうが肝っ玉が据わっているということか。それとも、綾美が特別にそうなのか。

そう思うと、倉田は当惑した。これまで多少はわかっているつもりでいた女というものが、じつはよくわかっていなかったのではないかという気持ちになってきたからだった。

だがいまはもう、そんなことを考えたり思ったりしている暇も余裕もなかった。

——綾美のあのようすなら、うまくやるだろう。

倉田は胸をときめかせながら、クロゼットの壁の穴から寝室を覗いた。

その直径三センチほどの穴は、覗きのために倉田が開けたもので、寝室側の穴は造花のリースで巧みに隠してあった。

覗き穴からは、寝室のほぼ全体が見えた。

正面に、ダブルベッドが足元側から見えている。

――もうすぐ、そこで綾美と瑛太が……。

そう思うといやでも嫉妬が燃え上がり、一緒に歪んだ興奮が高まってくる。

倉田は腕時計を見た。ちょうど二時だった。

――もう瑛太はきているかもしれない。

一気に胸の鼓動が高鳴って、息苦しくなった。

実際はそれから五分も経っていなかったかもしれない。極度の緊張のせいで途方もなく長く感じられる時間がすぎて、寝室のドアが開いた。

思わず倉田は固唾《かたず》を呑んだ。

綾美が瑛太を案内して寝室に入ってきた。

瑛太を見て、倉田は新たに嫉妬をかきたてられた。

綾美もさすがに緊張しているようすだ。

瑛太は綾美以上に硬い表情をして、ひどく戸惑ってもいるようだった。無理もない。綾美に頼み事があるといわれて、夫婦の寝室に連れてこられたはずなのだから。

瑛太はグリーンのポロシャツを着て、ジーンズを穿《は》いている。

綾美は白いニットシャツに、花柄のフレアスカートという格好だった。

「奥さん、お願いしたいことってなんですか」

綾美と向き合って立ったまま、瑛太が訊いた。緊張のせいか、下手な芝居をしているような口調だ。

「その前に約束して。わたしに恥をかかせないって」

綾美がいった。

「恥って、どういうことですか」

「わたしがお願いしたいことを話したら、必ず聞き入れてほしいの。どう、約束してくれる？」

綾美は健太の首に両腕をまわし、秘密めかした表情で問いかけた。

「あ!?……ええ……俺にできることだったら……」

瑛太はドギマギしている。

「できるわ」

綾美は倉田もドキッとするほど艶かしい表情でいって、

「瑛太くん、セックスの経験はあるの？」

「え⁉……いや、まだ……」

いきなりセックスの経験を訊かれて、瑛太はますます戸惑っている。

「そう。瑛太くん童貞なんだ」

綾美にいわれて、瑛太は気恥ずかしそうにしている。

──やっぱり、そうだったか。

予想はしていたものの、倉田はちょっとホッとした。

それというのも、瑛太がもし女を経験していたら、感じやすい綾美のことだ、瑛太に翻弄《ほんろう》されるかもしれない、と心配していたのだ。

しかし瑛太が童貞なら、綾美が主導権を握ることができるので、そんな懸念はないだろう。

ただ、倉田の中には、心配とは反対に翻弄される綾美も見てみたいという、屈折した気持ちもあった。

そんな自分を、困ったもんだと人ごとのように自嘲していると、

「でもだったら、瑛太くん若いから、溜まっちゃって困るでしょ」

綾美が興味津々の表情で訊いた。

「え？　それは……」

瑛太はうつむいて口ごもった。困惑している。

「そういうときはどうしてるの？　自分でしてるの？」

答えを待たず、綾美が重ねて訊く。どこか楽しんでいるような表情と口ぶりだ。

瑛太はうつむいたまま、恥ずかしそうに小さくうなずいた。

倉田は啞然としていた。瑛太を誘惑するときに綾美がいうことや行為について、大体のことは夫婦で打ち合わせをしていたのだが、このくだりはその中に入っておらず、綾美のアドリブだった。そんなことができる妻に驚かされていた。

「そう。瑛太くんが正直に答えてくれたから、わたしも正直にいうわ」

綾美の真剣な表情を見て、倉田は思わず身構えた。

「瑛太くん、わたしとセックスして」

綾美がいった。

「エッ⁈　そんな──！」

当然のことに瑛太はびっくりして、絶句した。

綾美はそっと、瑛太に軀を密着させた。

「うちのひと、アッチのほうが全然だめなの。だからわたし、不満が溜まっちゃって、もう我慢できないの。ね、瑛太くん慰めて」

甘く囁くようにいう。

「あ、でも、だめですよ奥さん。そんなことしたら、俺、社長に殺されちゃいますよ」

瑛太はあわてふためいている。

綾美は瑛太に密着させた軀をくねらせている。その腰の動きからすると、下腹部を瑛太の股間にこすりつけているようだ。

「大丈夫よ、わからないようにすれば」

うろたえるというより怯えているような瑛太に、綾美はやさしく語りかける。

「万一わかったとしても、そのときは瑛太くんがいやがるのをわたしが無理やり誘惑したっていうから、心配しないで。ね、いいでしょ？」

「そんな、そんなこといわれても……」

「瑛太くん、わたしのこと嫌い？　初めてがこんなおばさんじゃいや？」

綾美は瑛太を見つめ、彼の股間を手で思わせぶりに撫でながら訊く。

打ち合わせした誘惑するための言葉や行為はここまでで、あとはその場の流れで綾美が考えることになっていた。

瑛太は狼狽《ろうばい》した表情のまま、嫌いじゃない、いやじゃないというようにかぶりを振った。それも大袈裟なほど強く。

「うれしいわ。だからもうこんなに硬くなってくれてるのね。ああ、こんなの久しぶりよ。ね、見せて」

というなり、綾美はジーンズのベルトを緩める。

ついでチャックを下ろし、ジーンズをずり下げていく。

瑛太は緊張と興奮が入り混じったような硬い表情で綾美がそうするのを見て、されるままになっている。

やがてジーンズを脱がされて、下半身ボクサーパンツだけになった。

濃紺のパンツの前は、早くも露骨に突き上がっている。

その前に、綾美がひざまずいた。

パンツの盛り上がりのためだけでなく、倉田に見られていることも刺戟になっているのか、瑛太の股間を見つめている綾美の顔には、はっきりと興奮の色が浮きたっている。

綾美はパンツに両手をかけると、ゆっくりずり下げていく。

下向きに押さえ込まれたペニスがパンツから解放されたとたん、ブルンッと大きく弾んで露出して、

「アッ！」

綾美が昂った声を洩らした。

倉田は思わず眼を見張っていた。

瞬時に劣等感に襲われた。瑛太のイチモツが、太さはふつうだが長さが優に二十センチはあろうかという巨根で、勃起したそれは日本刀を想わせる凄味があったからだ。

「アアッ、すごい！」

綾美がふるえ声でいった。

巨根に眼を奪われたまま、拝むようにそれに手を添えると、そうせずにはいられないようすで頬ずりする。

倉田の嫉妬は一気に炎になって燃えあがった。

「奥さん！」

瑛太があわてたようにいって腰を引いた。怯えたような顔をしている。暴発しそうになったらしい。ヒクッ、ヒクッと、巨根が跳ねている。

「アア……ごめんね。わたし、瑛太くんのすごいおちんちんを見て、瑛太くんが初めてなの忘れてしまってたわ」

綾美は怒張の生々しい動きを眼にして喘ぎ、息を弾ませていうと、瑛太につかまって立ちあがった。そうしないと立てないほど、興奮が下半身にまでまわっているようだ。

「瑛太くんも、みんな脱いで」

うわずった声でいうと、綾美は着ているものを脱ぎはじめた。

4

綾美は瑛太に見せつけるように色っぽい仕種で脱いでいって、真っ赤なTバックショーツだけになった。

倉田の男性機能が低下してからの綾美は、下着でも刺戟しようと思ってタイプや色など煽情的なものが多くなった。

真っ赤なTバックショーツもそのうちの一つで、色っぽく熟れきった裸身を、さらに刺戟的に見せている。

「すげえ！　Tバックだ」

瑛太が眼を見張って、興奮しきった表情と声でいった。

その興奮がどれほどのものかは、彼の下腹部でいきり勃っている巨根が生々しくヒクついているのを見れば、一目瞭然だった。

「奥さんがこんなに色っぽいのに、どうして社長だめなんすか」

思わずといった感じで、瑛太がいった。

すると綾美はふっと笑って、

「瑛太くんもそう思ってくれる？　ひどいでしょ？　だから、うちのひとのことなんか気にしないくていいの。ふたりで思いきり愉しみましょ」

聞こえよがしにいって瑛太に抱きつき、唇を重ねていく。

自分のことをいわれて、倉田は苦笑いした。

だが綾美のようすを見て、カッと熱くなった。

瑛太の怒張を下腹部に感じて興奮と欲情を煽られているのだろう。綾美は貪るように舌をからめているらしい濃厚なキスをしながら、せつなげな鼻声を洩らしてたまらなそうにむっちりとした尻をくねらせている。

そのときまた、瑛太がたまらなくなったらしい。唇を離すと同時に綾美を押しやった。

綾美は瑛太の手を取ると、きて、とベッドに誘った。

ベッドにあがって仰向けに寝ると、

「取って」

と、色っぽく腰をうねらせる。

綾美の腰の横にひざまずいている瑛太の顔は、興奮と欲情で固まっている。

瑛太は恐る恐るといった感じで、両手をショーツにかけた。

見るからにドキドキ、ゾクゾクしているとわかる表情で、徐々にショーツをずり下げていく。

綾美はわずかに腰を浮かせて、瑛太がショーツを脱がすのを助けた。

ショーツが両脚から抜き取られると、みずから膝を立てた。そして、ゆっくり開くと、

「見て。瑛太くん、初めてだから見せてあげる」

喉にからんだような声でいう。

瑛太はすぐさま綾美の両脚の間に移動した。

そのため、残念だが倉田の位置からは瑛太の背中が邪魔をして、股を開いている妻の肝心な部分も表情も見えなくなった。

「見える？」

綾美が訊く。

「はい」

瑛太が気負ったような声で答える。

「なにが？」

「奥さんの、アソコが」

極度の興奮のせいか、瑛太がうわずった声で生真面目に答える。

「見てどう？」

「メッチャ興奮します」

「触りたい？」

「はい」

「いいわよ、好きに触っても」

瑛太と同じく興奮しているせいだろう、綾美の声もうわずっている。

しばしの沈黙。

瑛太が驚きの声をあげた。

「すごッ！」

「ああ、なにがすごいの？」

綾美がふるえをおびた声で訊く。

「奥さんのここ、ビチョビチョですよ」

瑛太は両手で肉びらを開いているらしい。

「だって、瑛太くんのすごいおちんちん見たからよ。瑛太くん、クンニリングスって知ってる？」

「ええ」

「じゃあしてみて。わたしを気持ちよくして」

綾美は甘ったるい声で求めた。

瑛太は綾美の股間に向けて屈み込んだ。そのため、瑛太の背中越しに綾美の顔から胸のあたりが倉田に見えるようになった。

瑛太が舐めはじめたらしい。綾美が悩ましい表情を浮かべてのけぞり、艶かしい喘ぎ声を洩らす。

「アアッ、そこッ、いいッ……アアン、瑛太くん、上手よッ、すごいわッ」

自分以外の男が妻のアソコを舐めまわしている。舐めまわされて妻はよがっている。

こうなることはわかっていても、倉田は身を切り裂かれるような嫉妬に襲われていた。

くりかえし狂おしそうにのけぞっている妻の喘ぎ声が、よがり泣きになってきた。

「アアもう、もうイッちゃいそう……アアッ、クリちゃん、もっと強く舐めてッ」

切迫した感じで求める。イク直前、クリトリスへの強い刺戟を求めるのが、綾美の癖だった。

「そう、いいッ……アアだめッ、だめッ、イッちゃう！」

瑛太がクリトリスを強く舐めたてたらしい。綾美は息せききっていって、軀を反り返らせた。

「イク、イク、イクーッ！」

泣き声で絶頂を訴えながら軀をわななかせる。

……やがて瑛太が上体を起こした。

綾美の荒い息遣いが倉田の耳にも届いた。

「ああきてッ。瑛太くんの、入れてッ」

綾美はストレートに求めた。瑛太の背中に遮られて倉田の眼には見えないが、両手を瑛太に向かって差し伸べ、腰をうねらせたようだ。

「あわてなくていいのよ。そう、ここ、もう少し下……」

綾美がとびきりやさしい口調でいう。どうやら瑛太の怒張に手を添えて誘導しているらしい。

「アッ！」

「アンッ」

怒張が綾美の中に入ったらしい。瑛太が驚いたような声を発し、綾美が艶めいた声を洩らした。

その声を聞いた瞬間、倉田は衝撃を受けた。強烈な嫉妬と興奮が入り混じった衝撃で、いきり勃っているペニスが痛いほどうずいた。

「瑛太くん、初めて女の中に入った感じ、どう？」

綾美がうわずった声で訊く。

「メチャメチャ気持ちいいです」

瑛太が昂った声で答える。

倉田は思った。

──そりゃあそうだろう。初めて経験するオ××コが綾美の名器なんだから、この世のものとは思えないほど気持ちいいはずだ。

「わたしもよ。瑛太くんの大きくて硬いから、すごくいいわ」

綾美が感に堪えないような声でいう。

大きくて硬い──という綾美の言葉が、いやでも倉田の嫉妬をかきたてた。

「ね、動ける？」

綾美が訊く。いかにもそうしてほしいという口調だ。

「うん。でも、動いたらすぐ我慢できなくなりそう……」

「初めてなんだから仕方ないわよ。そのときは出しちゃっていいから、動いてみて」

瑛太がおずおず腰を動かす。

「アアン、いいわッ。気持ちいいッ」

「アアだめッ。ヤバッ、出ちゃうよ！」

綾美の感じ入った声が引き金になったらしい。瑛太は怯えたようにいうなり綾美に覆いかぶさってしがみついた。

「アア出るッ！」

呻くようにいって綾美にグイグイ腰を押しつける。

——三コスリ半ってやつか。童貞だから無理もない。

瑛太があっけなく射精したのを見て、倉田はそう思いながらもちょっぴり不満をおぼえた。できれば、綾美が乱れるところを見せられて、もっと嫉妬と興奮をかきたてられたかったからだ。

そのとき、「すごいわ」と綾美が驚きの声をあげた。

「瑛太くんの、まだビンビンのままよ」

綾美は起き上がると、瑛太を押し倒して仰向けに寝かせた。結果、瑛太が倉田のほうに頭を向け、綾美が倉田と向き合う格好になった。

事実、瑛太の巨根はいきり勃ったままだ。

「いちど出しちゃったから、こんどは少しは我慢できるでしょ？」

瑛太の両脚の間に座っている綾美が、怒張を手にして瑛太に訊く。欲情と期待でときめいているような表情をしている。

——こんどは？　二回やるつもりか。

それは打ち合わせにはなかったことだった。倉田が唖然としていると、

「たぶん、大丈夫だと思います」

瑛太が弾んだような声でいった。

「ふふ、じゃあがんばって」

綾美は倉田も見たことがないような妖しい笑みを浮かべていうと、怒張に顔を埋《うず》めていった。

舌を亀頭にねっとりとからめて舐めまわす。

綾美のフェラチオのテクニックは、それなりに女を経験してきた倉田から見ても折り紙付きだった。好きこそものの上手なれではないが、もともと上手いところにもってきて、機能不全に陥った夫のイチモツをなんとかしようと努めたせいもあった。

綾美は興奮に酔いしれたような表情になって、ペニスを舐めまわしている。

それも、まるで倉田に見せつけるようにいやらしく舐めまわしたり咥えてしごいたりしながら、同時に手でふぐりをくすぐり、ときおりたまらなそうな鼻声を洩らしている。

それを覗き見ている倉田のほうは、嫉妬で胸が張り裂けそうだった。

当然、フェラチオシーンも想定していた。だが頭で想うのと生で見るのとは大ちがいだった。

ちがったのは嫉妬の激しさだけではなかった。それと同じぶん興奮と欲情をかきたてられて、いきり勃っているペニスから先走り液が流れ出ていた。

「ああ、瑛太くんのこれ、ほしくてたまらなくなっちゃったわ」

綾美がうわずった声でいった。男好きのする顔に、発情の色が浮きたっている。

「こんどは、わたしが上になっていい?」

「ええ」

瑛太が応えると、綾美は怒張を手にしたまま、瑛太の腰をまたいだ。倉田にはそのようすがどう見ても嬉々としているとしか思えなかった。

綾美は屈み込むと、手にしている怒張の先を繁みの陰の割れ目にこすりつけて、そっと蜜壺に収めた。

そのまま、ゆっくり腰を落としていく。

自分以外の男のペニスが妻の中に入っていくのを、初めてまともに眼にした倉田は、嫉妬で躯がふるえた。

同時に倉田自身知っている、妻の蜜壺に滑り込んでいくときのえもいえない快感が生々しくよみがえって、怒張がヒクついた。

「アアーッ」

すっかり腰を落とすと、綾美は苦悶の表情を浮かべて、倉田の気持ちを逆撫でするような感じ入った声を放った。そして、瑛太の手を取ると乳房に導いた。

「アアッ、瑛太くんの大きいから、奥に当たって、こうしてるだけでもイッちゃいそう……」

息も絶え絶えにいうと、じっとしていられないようすで小刻みに腰を振りだした。

瑛太は両手で形のいい乳房を揉みしだいている。

「アアン気持ちいいッ。奥に当たってるの、瑛太くんわかる?」

「わかります、グリグリ当たってるの」

「アアいいッ。これがたまんないのッ、気持ちいいのッ」

綾美は泣き声になって快感を訴え、クイクイ腰を振りたてる。それも倉田のほうを真っ直ぐに見て、倉田に訴え、見せつけるようにして。

そんな綾美の興奮と快感は、瑛太の巨根のせいだけでなく、倉田に見られていることによって、何倍も強まっているようだ。

倉田も同じだった。そんな妻に嫉妬と興奮をかきたてられていた。

そのとき、綾美が上体を後方に反らした。

——綾美の奴、見せつけるつもりだな。

倉田が思ったとおり、綾美はそのまま腰を上下に律動させる。

「アアッ、瑛太くん見えてる？」

「ええ。すげえ！」

瑛太が興奮した声をあげた。

「なにがすごいの？　いって」

腰を律動させながら、綾美が訊く。明らかに倉田を意識した訊き方だ。

「俺のが奥さんのアソコに入って、ズコズコしてるのが丸見えですよ」

瑛太がうわずった声でいう。

そのとおりの生々しい情景が、倉田の眼にもまともに見えている。

「ああん、いやらしい？」

綾美がさらに挑発的に腰をうねらせながら、昂りと甘さが入り混じったような口調で訊く。

「いやらしいけど、メッチャ興奮しちゃいますよ」

「わたしも瑛太くんと同じよ。いやらしいけどすごく感じちゃう……」

ふたりのいうとおりだった。肉びらの間にズッポリと収まって、蜜壺をズコズコ突きたてている巨根──その淫猥《いんわい》な情景。そして、見え隠れしている巨根は、たまらないほど感じている綾美の女蜜にまみれて、ヌラヌラ濡れ光っている。

「アアン、わたしもうだめッ、もう我慢できないわッ」

綾美が一際昂った声でいった。

「瑛太くんは？　まだ我慢できる？」

息せききって訊く。

「ええ。もうちょっとは……」

「じゃあわたしだけイッていい？」

「いいっすよ」

瑛太の許可を得て、綾美は腰を激しく律動させはじめた。

なりふりかまわずという感じで腰を振りたててよがり泣きながら、そのまま綾美は一気に絶頂に昇りつめていって、仰向けに倒れ込んだ。

すると瑛太が起き上がり、綾美に覆いかぶさっていった。

「奥さん、俺も、もう我慢できないッす」

興奮した声でいうと、綾美を突きたてる。

「じゃあ一緒にイきましょ、イッて！」

いうなり綾美は瑛太にしがみついた。

そのまま、瑛太が激しく腰を使う。それに合わせて綾美は倉田が耳を覆いたくなるような感じ入った声をあげる。

綾美はいちどイクとイキやすくなる。というより抑えがきかなくなる。

瑛太の逞《たくま》しい打ち込みにあって、たちまち絶頂を訴えはじめた。

「イキそう」という綾美の声で、瑛太の腰の動きが加速する。

肉と肉が激しく叩き合う鈍い音が響き、綾美の泣き声が切迫してきて、ふたりは絶頂と発射を告げ合うと、一緒にオルガスムスの痙攣をわきたてた。

その間、倉田は発狂しそうになるほどの激しい嫉妬といきり勃っているペニスが暴発しそうになる興奮に襲われていた。そして、ふたりが果ててやっと我に返った。

綾美と瑛太は全裸のまま、ベッドの上に並んで仰向けになっている。

倉田はポケットからケータイを取り出すと、自宅にかけた。

綾美のそばのナイトテーブルの上にある固定電話が鳴りだした。

「ごめんね」

綾美は瑛太にそういってから受話器を取り上げた。

「俺だ」

とだけ、倉田は小声でいった。

「そう。わかったわ。じゃあ」

綾美は勝手にいって電話を切った。そして、あわてたようすで、

「うちのひと、予定が変わってこれから帰ってくるんですって。わるいけど瑛太くん、急いで帰って」

と瑛太にいった。

「ヤバッ……」

瑛太はあわてて起き上がると、手早く服を着はじめた。

「ごめんね。わたしもすぐにシャワーを浴びるわ」

綾美がそういうと、瑛太は緊張した表情でうなずき、急いで帰っていった。

倉田がクロゼットから出ようとしたとき、二階の玄関ドアが閉まる音が聞こえ

た。

二階に下りて、ドアをロックしてくる余裕はなかった。

倉田はすぐに寝室に駆け込んだ。

妻は全裸のまま、ベッドの上に座っていた。

「綾美！」

「あなた、怒ってるの？」

妻は怯えた表情で訊いた。異様な興奮状態にある倉田の顔と声を、怒っていると勘違いしたらしい。

「ああ、怒ってる。ほら見ろ」

倉田はズボンとトランクスを一緒に引き下げた。

「あなた——！」

いきり勃っているペニスを見て、綾美は眼を見張った。

倉田は手早く裸になるとベッドに上がり、妻に襲いかかった。

瑛太が射精したばかりの膣も気にならなかった。

むしろそこにペニスを挿入することの異常さに興奮を煽られて、倉田はすぐさま妻の中に押し入った。

綾美は感じ入った声をあげ、苦悶の表情を浮かべてのけぞった。倉田が一気に奥まで突き入ったことなど、久しくなかったことだ。

倉田は怒張を勢いよく抜き挿しした。勃ちが悪くなってからはそういうこともできなかった。

「瑛太とやってよかったか」

腰を使いながら訊くと、悩ましい表情を浮かべていた綾美が色っぽく睨《にら》み返して、小さくうなずいた。

「あなただって、よかったんでしょ？」

「ああ。気が狂いそうになるほど妬《や》けて、危うく漏らしそうになるほど興奮させられたよ。おまえも俺に見られてるのがよかったんだろ？」

綾美は艶かしい笑みを浮かべて、またうなずいた。

「こいつ！　よォし、よがりまくらせて、瑛太のことなんか忘れさせてやる！」

いうなり倉田は遣り場のなかった嫉妬を腰使いに込めて、激しく突きたてていった。

5

翌日、月曜日の昼下がり、会社にいるのは綾美ひとりだった。

業界の役員をしている夫は、間近に迫った国政選挙で業界が推している候補者の演説集会にいっていた。

三人の従業員たちはさきほど、昼休みで出ていったところだった。

その前に夫と早めの昼食をすませた綾美は、工場の一画にある事務所で昨日のことを思い出していた。

夫は綾美と瑛太のセックスを覗き見したのが、よほど刺戟的だったらしい。計画どおり瑛太を帰して寝室に駆け込んできた夫のペニスは、しばらくつづいていた勃起不全がまるでウソのように、文字どおりビンビンに勃起していた。

これには綾美もびっくりさせられた。

そんな綾美に、夫はすぐに襲いかかって、まるでレイプするかのように激しく突きたててきた。

しかも若いときにしかなかった、信じられないようなことが起きた。射精しても勃起は萎えず、挿入したまま、二回目の行為におよんだのだ。

それだけではない。綾美は夫の逞しい肉棒で圧倒され翻弄されて何度もイカされているうち、最後には失神までさせられたのだった。

ただ、異常な経験をした綾美の、いまの気持ちはなんとも複雑だった。

夫は昨日の覗きのことを知っているのは、自分と綾美だけだと思っている。

ところがじつはそうではなく、事前に瑛太も知っていたのだ。

そのことを夫が知ったら、それになぜ瑛太も知っているのかがわかったら、夫はどう思い、どうするだろう。

綾美が複雑な気持ちになるのは、そう思うからだった。


それは二カ月ほど前のことだった。

その日、瑛太は夏風邪をこじらせて会社を休んでいた。

心配になった綾美は、見舞ってやろうと思って瑛太のアパートの部屋にいった。

瑛太はTシャツと短パン姿で出てきた。眠そうな顔をしていたが、綾美を見て驚き、戸惑ったようすで部屋に入れた。

片づいているとはいえない室内は、夏の熱気と男の匂いでムッとしていた。

瑛太はタオルケットをかぶって眠っていたらしい。ベッドにそのようすがあった。

「起きなくていいわよ。横になってなさい」

綾美がそういったときだった。見てはいけないものを見てしまったのは。

眠っている間にそうなっていたのか、短パンの前が露骨に盛り上がっていたのだ。

それを眼にした瞬間、綾美の中でなにかが弾けた。あとで考えてみて、欲求不満の塊のようなものだった気がしたが、そのときはなにがなんだかわからなかった。

わかっているのは、もう自制できないことだけだった。気がつくと、瑛太をベッドに押し倒していた。

当然のことながら、瑛太はあわてふためいていた。自分の立場や倉田のことなどが頭をよぎってか、怯えてもいるようだった。

そんな瑛太を見て、綾美はようやく我に返った。だがもう引き返すことはできなかった。

このとき綾美の頭の中にあったのは、いきり勃っているペニスだけだった。それだけで、女芯がせつないほど熱くうずいていた。

綾美は短パン越しの盛り上がりに頬ずりした。

瑛太は軀をひくつかせた。狼狽《うろた》えた顔をしていた。それを見て綾美は訊いた。

「もしかして瑛太くん、経験ないの？」

瑛太はうなずいた。

「初めての相手が、わたしみたいなおばさんじゃいや？」

綾美は訊いた。その前に短パンのチャックを下ろしていきながら。

いやじゃない、というように瑛太は強くかぶりを振った。緊張しきって口がきけないようだった。

綾美も緊張していたが、それ以上に興奮していた。

興奮がピークに達したのは、短パンと一緒にパンツを下ろしたときだった。

ブルンッと大きく弾んで露出したペニスを眼にした瞬間、綾美は喘ぐと同時にそれで軀を貫かれる錯覚に襲われ、めまいと一緒に軀がふるえて達してしまった。

そこまで強烈に感じてしまったのは、いきり勃っている若いペニスのせいもあったが、そのペニスが子宮をしたたかに突き上げてくるだろうほど長大だったからだ。

綾美は巨根に眼を奪われたまま、着ているものを手早く脱いでいった。

「瑛太くん、最初はわたしが上になっていい？」

全裸になって訊くと、瑛太はうなずいた。こんどは瑛太のほうが綾美の裸身に眼を奪われて、興奮しきった表情をしていた。

そればかりか、巨根をヒクつかせていた。

生々しい巨根の動きにゾクゾクしながら、綾美はいった。

「瑛太くんは初めてだから、すぐに我慢できなくなっちゃうと思うの。でも最初はそれでいいのよ。我慢できなくなったら出して。中に出しちゃっていいから。わかった？」

瑛太は神妙な表情でうなずいた。

綾美は瑛太の腰をまたいで巨根を手にした。もうまったく前戯の必要のない、濡れそぼっているクレバスに亀頭をこすりつけて女芯に収めると、久しぶりの逞しい肉棒の感触を味わいながら腰を落とした。

そして、巨根が子宮に突き当たると同時に綾美のほうが瑛太よりもさきにイッてしまった。

だが綾美が腰を使いはじめると、瑛太はひとたまりもなかった。あっというまに若い樹液を勢いよく噴き上げた。

当然、ふたりの行為はそれだけでは終わらなかった。二度、三度とつづき、三度目になると、瑛太も綾美の熟れた軀を積極的に求め、綾美を攻めたてたり翻弄したりして、ふたりは行為と快感に溺れた。

それ以来、綾美と瑛太は日曜日ごとに瑛太の部屋で逢って、若い肉棒と熟れた女体を貪り合っていたのだ。

綾美にとって瑛太との関係は、肉欲だけのそれだった。

瑛太にしてもそのはずで、だからこそ、倉田が綾美と瑛太のセックスを覗き見したいといいだしたとき、そのことを綾美が話すと最初はしぶっていた瑛太だが、夫に覗き見させれば、もうふたりの関係がバレることを怖れる心配はないという綾美の説得に応じたのだ。

そして、綾美は事前に夫としたのと同じように瑛太とも打ち合わせをした。

その際、瑛太を童貞ということにするか、女の経験があることにするかで、ふたりは迷った。当初は女の経験があることにして、濃厚なセックスシーンを倉田に見せつけることも考えたが、綾美の意見で童貞でいくことにした。

なぜそうしたかというと、綾美が瑛太の童貞を奪うシーンのほうがおもしろいし、二人で実際にやったことなので演技しやすいからだった。

ただ、童貞ということになると、濃厚なセックスシーンはおかしい。それどころか、あっけなく果てるのがふつうだ。といって、それでは倉田をがっかりさせることになる。

そこで考えたのが、綾美が瑛太の童貞を奪ったあと、そのつづきで濃厚なセックスをするという手だった。それも綾美との熟れたセックスを経験しているうちに、相変わらず勃ちはいいのだが遅漏ぎみになっている瑛太のことを考慮し、童貞を失うシーンでの射精は偽装することにして。


——それにしても、瑛太の芝居もなかなかのものだった……。

そう思っていると、その瑛太が会社にもどってきた。

「どうしたの？　みんなと食事にいったんじゃなかったの」

綾美が驚いて訊くと、

「奥さんが一人でいるってわかってたから、途中で用事を忘れてたといって、もどってきたんだ」

瑛太は笑っていいながら綾美のそばにきて、後ろから抱きしめた。

「だめ。こんなとこでだめよ」

綾美は弱々しく抗った。

「昨日の社長、俺たちがやってるとこ見て、ビンビンになっちゃってたね。あのあと奥さんがイカされまくってるのを見てたら、俺も妬けちゃってたまんなかったよ」

瑛太が両手でブラウス越しに乳房を揉みたてながら、唐突に妙なことを綾美の耳元で囁いた。

「見てたって、どういうこと!?」

「俺、いったん帰るふりして、こっそりもどってきて、それまで社長がいたクロゼットに入って覗いてたんだよ。いつだったか、奥さんが洗濯ものを持ってクロゼットから廊下に出てきたのをたまたま見て、入口があることを知ってたんだ。だけど、覗き見なんて初めてだったから、メッチャ興奮しちゃった。社長の気持ち、よくわかったよ」

綾美が唖然として拒むのも忘れているのをいいことに、瑛太の手が下着越しに下腹部をまさぐり、さらにはショーツの中に侵入してきた。

「オッ、もう濡れてンじゃん。奥さんて感じやすいからなァ。ね、俺のも触ってよ」

昨日のことを思い出しているうちに濡れてきていたクレバスを指でこすりながら、瑛太が綾美の手を取って股間に導く。

ズボン越しに逞しい強張りが手に触れて、綾美は軀がふるえた。

「だめよ瑛太。だれかきたらどうするの？」

「大丈夫。みんなはあと三、四十分はもどってこないし、もしだれかきても、ここから見てればなんでもないようにごまかせるよ」

確かに瑛太のいうとおりだった。事務所は工場の一番奥にあるので、素通しのガラス窓から工場の入口を見ていれば、誰かきてもとっさに対応できる。

綾美がそう思っているうちに、瑛太はタイトスカートを強引に腰の上まで引き上げ、パンストをショーツごとずり下げた。

「ああン、だめよォ」

綾美は机に両手をついて身悶えた。自分でもいやらしいと思うほど甘ったるい声になって、みずから瑛太を挑発するようにヒップを突き出していた。

「奥さん、俺と社長のペニス、どっちが好き？」

瑛太がペニスでクレバスをまさぐりながら訊く。

本音をいえば、勢いがあってサイズも大きい瑛太のペニスのほうが好きだったが、

「どっちも好きよ」

と綾美は答えた。

「ずるいなァ。でも奥さんて欲張りだからそうかも」

「あンッ、きてッ。だれかくる前に、早くしてッ」

クチュクチュと卑猥な音を響かせてクレバスをこすりたてながら、笑っているような声でいった瑛太をさえぎって綾美は求め、ヒップを振りたてた。

ヌルッと怒張が女芯に滑り込み、そのまま侵入してきた。

息が詰まった。身ぶるいするような快感がわきあがる……。

瑛太にいわれた「欲張り」という言葉が脳裏をよぎって、綾美は思った。

――これからは、夫に覗き見させてあげれば、そのあとで夫とたっぷり楽しむことができるし、その合間にはこうやって瑛太とふたりきりでも楽しめる。それに夫は瑛太との3Pのこともいってたし、そのうちそういう刺戟的なセックスも楽しむことができるかもしれない。

わたしって、やっぱり欲張りなのかも……。

ローション・ラブ

1

吉井奈緒美《よしいなおみ》は保育園の入口の脇にママチャリを駐め、乗せてきた子供を下ろした。保育園の前には、いつものように子供を送ってきた母親たちの車が並んでいた。

奈緒美は子供の手を引いて園内に入った。屯《たむろ》している母親たちに「おはようございます」と挨拶して子供を送り届け、すぐに帰ろうとすると、

「あ、吉井さん」

と呼び止められた。

声の主は、父母会の会長で、母親たちを仕切っている猪原美津子《いのはらみつこ》だった。

「今日もお出かけ？」

「え？　ええ」

唐突に訊かれて、奈緒美は戸惑いながら答えた。

「このところ一日おきくらいに出かけてらっしゃるみたいだけど、どちらへ？」

「え？　あの、ちょっとパートに……」

奈緒美はうろたえながら、苦しまぎれにいった。

「パートに出てらっしゃるの。大変ねェ。でもこの不況ですものね。ご主人を助けてご自分も働くなんて立派だわ。ねェ、みなさん」

猪原美津子はいつものように慇懃《いんぎん》な言葉遣いで皮肉たっぷりにいって、ほかの母親たちに同意を求める。

すると母親たちはそろってうなずく。それも明らかにそうとわかる冷笑を浮かべて。

「で、どんなお仕事なさってるの？」

猪原美津子がさらに訊いてきた。

『お仕事なんて、そんなお上品なことはしてません』

奈緒美は皮肉を込めてやり返したいのをかろうじてこらえ、

「急いでますので失礼します」

とだけいって、足早に立ち去った。

それ以上その場にいたら、キレるところだった。

奈緒美はママチャリに乗って駅に向かった。まるで短い導火線に火が点いたダイナマイトを抱えているような気持ちだった。早く火を消し止めなければ爆発してしまう。懸命にママチャリをこぎながら、母親たちの前でパートに出ているといってしまったことを後悔していた。

パートにはちがいないけれど、そのことは夫にも内緒だった。月水金の週三日、子供が保育園にいっている昼間の間だけファッションヘルスに勤めているなんて、夫はもちろん、ほかの誰にも口が裂けてもいえることではなかった。

――なのに、あんなことをいってしまって……。

そう思うと、後悔と一緒に自分に対する腹立たしさと猪原美津子に対する怒りが込み上げてくる。

そんな奈緒美の脳裏に、まだ記憶に生々しい、自分の子供と同い年の保育園児を殺害した母親の事件のことが浮かんできた。

事件の背景には、母親同士の心の諍《いさか》いや、〃お受験〃と称される歪んだ進学競争があったらしいと報道されていた。

奈緒美の子供が通っている保育園には、進学競争のようなものはないが、母親同士の見栄の張り合いや、それが原因の差別や仲間外れなどのイジメはいくらでもあった。

その先頭に立っているのが猪原美津子で、奈緒美自身その被害者だった。

小学生と保育園児の二人の子を持つ猪原美津子は、三十五歳。夫が会社を経営していて裕福なことを鼻にかけ、つっかえ棒が要るほど反り返っている。

それに性格がそのまま出た、意地の悪い顔つきをしている。

一人っ子の母親である奈緒美は、二十七歳。六歳年上の夫は鉄鋼メーカーに勤めているけれど、この不況で期待したとおりに給料は上がらず、それどころかリストラの窮地に立たされている。

奈緒美はよく、男好きのする顔をしているといわれてきた。そのせいか、結婚するまではけっこうモテた。

それにプロポーションは元々よくて、子供ができてからもそう変わらない。

そういうところも気に入らないのか、猪原美津子は奈緒美に対してことさら生活のちがいをひけらかしたり、ことあるごとに「若い母親はなってない」などと初めての子育てを批判したりして、仲間外れにしてきた。

だから奈緒美には、もしそれが本当のことであればの話だけれど、事件を起こした母親の、母親同士の心の諍いがあった、という気持ちが痛いほどわかる。

奈緒美自身、いままで猪原美津子に殺意を抱いたことは一度や二度ではなかった。

もしファッションヘルスに勤めていなかったら、自分もなにをしていたかわからない。

まだこの仕事をはじめて二カ月ほどだが、奈緒美は本気でそう思うことがよくある。

同じパートでも風俗でなくほかの仕事だったら、そう思えなかったのではないか、とも思う。

というのも、奈緒美に必要だったのは、日常からすっかりかけ離れた、まったくべつの世界だったからだ。

ヘルスの仕事は、奈緒美の日常からかけ離れている。

子供を保育園に送り届けたあと、駅にママチャリを置いて電車に乗る。

奈緒美にとってその電車は、自分を異次元の世界に運んでくれるタイムマシンのようなものだった。

もっとも、この仕事をはじめるまでは、まさか自分が風俗店で働くなんて思ってもみなかっただけに、さすがに躊躇《ちゅうちょ》した。

自分自身のプライドや、夫や子供に対する罪悪感やうしろめたさから、最初はとてもそんなことはできないと思った。

だが、夫の給料が期待したとおりに上がらず、ローンの支払いも苦しくなっていた。

おまけに仕事の悩みを抱えている夫はその気になれないらしく、夫婦の関係はセックスレス同然の状態に陥っていた。

それ以上に母親同士の付き合いからくるストレスはピークに達し、もう爆発寸前だった。

奈緒美は思った。エッチなことはしてもセックスするわけではないのだから、と。

言い訳にもならないことはわかっていた。わかっていても、爆発寸前のストレスを抱えた奈緒美はそれにすがるしかなかった。

それでも人妻専門のファッションヘルス「ママン」に出向いて面接を受け、すぐに採用されて店長から一通りの接客の手順やテクニックを教えられたときは、さすがに戸惑いは隠せなかった。

初めて客を取ったときは、それどころではなかった。緊張と恥ずかしさで頭の中が真っ白になり、軀がふるえて、なにがなんだかわからなかった。

それなのに慣れというのは怖い、と奈緒美は思う。この仕事をはじめてまだ二カ月だというのに、タイムマシンの電車に乗ると胸がときめき、「ママン」に着くと、べつの自分になりきっているからだった。

2

「奈美《なみ》さん、指名ですよ」

控室のスピーカーから店長の声が響いた。奈緒美は店では「奈美」という名前になっている。

「奈美さんたてつづけの指名じゃないの。美人はいいわねェ」

奈緒美より一つ年下の気のいい人妻がうらやましそうにいった。だがほかの人妻たちは奈緒美に妬《ねた》ましそうな眼を向けていた。

ここにも女の戦いがあった。それでも保育園の母親たちのそれに比べれば、はるかにマシだった。

奈緒美は控室を出た。客を見て胸がときめいた。

「いらっしゃいませ。ご指名ありがとうございます」

弾んだ声でいって、にこやかな表情で立っている小坂《こさか》を個室に案内した。

小坂は奈緒美がこの仕事をはじめてまもなくついた客で、奈緒美をひどく気に入ったらしく、週にいちどは「ママン」にきて指名してくれている。

なんどか肌を合わせているうちに、小坂は奈緒美にプライベートなことまで打ち明けていた。

小坂の年齢は三十八歳ということだが、その若さで会社の社長におさまって苦労しているせいか、見た感じは歳以上に老けて見える。社長といっても婿養子の小坂は飾り物にすぎず、会社の実権は会長である妻の父親が握っているということだった。

そのうえ小坂は家庭でも冷遇されているらしい。

「女房の奴は俺と結婚してやったと思ってるから、俺のことなんか完全にバカにしてるし、親は親で俺のことを種馬ぐらいにしか思ってないんだよ」

いつかそんな愚痴をこぼしたことがあった。そして、ストレス解消のために風俗で遊ぶようになった、と自嘲まじりにいっていた。

そのとき奈緒美が、それなら愛人をつくることは考えないのかと訊くと、何人かそういう女と付き合ってみたけれど、所詮は金の関係でしかない。それなら風俗の女のほうが気立てがよくてずっといいと、小坂は真面目な顔でいった。

そんな小坂に、奈緒美は自分と似たものを感じて親近感をおぼえ、しだいに惹かれていった。

それも気持ちだけではなかった。小坂と会ったときは、軀もほかの客とちがって仕事を忘れた感じ方をするようになっていた。

「小坂さん、奥さんとはエッチしてないの？」

奈緒美は小坂にシャワーの湯をかけながら訊いた。

「ああ。もうしばらくしてないよ」

「だから、いつもこんなに元気なのかしら」

小坂のペニスはもうすっかりエレクトしている。

「そりゃあ相手が奈美だからだよ。誰とでもこんなになるわけじゃない」

小坂は笑っていった。

「お世辞でもうれしいわ。でもそれで奥さん平気なの？」

奈緒美は泡立てたボディソープでペニスを洗いながら、訊いた。

「平気だよ、女房の奴も適当にやってるから」

「やってるって、まさか浮気を？」

「まァね」

見上げると、小坂は硬い表情で真っ直ぐ前を睨《にら》んでいた。

気分を害したと思い、奈緒美はあわてて謝った。

「ごめんなさい、よけいなこと訊いて」

「ん？　べつに謝ることはないさ、俺がいったんだから。それよりこんなことを訊くのは野暮だけど、いやだったらいわなくていい、奈美はどうしてこの仕事をしてるんだ？」

そう思っていままで訊かなかったのか、初めて小坂に訊かれて奈緒美は一瞬、答えに窮した。

小坂には本当のことを打ち明けようかと思った。だが思い止まって、

「お金がもらえてエッチも愉《たの》しめちゃうからよ」

ほかの客に答えるときと同じように、笑って軽い口調でいった。

「そうかな。奈美の場合は、ほかの女もよくいうそんな理由じゃないような気がしてたんだけど……」

小坂は疑いの眼で奈緒美を見ていった。が、すぐに笑って、

「俺の思いすごしかな」

「割り切りすぎてて、ガッカリしちゃいました？」

奈緒美は自嘲の笑いを浮かべて訊き返しながら、小坂の強張りにシャワーをかけた。

「そんなことはないさ。お金がもらえてエッチも愉しめる。それだって立派な理由だし、その割り切り方はむしろ潔くて気持ちいいよ」

小坂が満更追従《ついしょう》とも思えない口調でいうのを聞いて、奈緒美は不意に悲しくなった。

自分が風俗で働く女だということを思い知らされると同時に、小坂との距離をはっきりと感じさせられたような気がしたからだった。

いままで小坂に惹かれていく気持ちを認めながらも、それは恋愛感情のようなものではない、風俗で働く女が、ましてや人妻が客を好きになるなんて許されないと、奈緒美は自分に言い聞かせてきた。

けれども、いま奈緒美が襲われた感情は、それだけ小坂を好きになっているという、れっきとした証拠にほかならなかった。

そのことに内心うろたえながら、奈緒美は小坂をベッドに誘った。

3

「奈美とこうしてると、なんだか気持ちが安らぐんだよな」

小坂がいった。前にも同じことをいったことがあった。

奈緒美も同じ気持ちだった。

ベッドに横になって客にやさしく抱かれているなんてことはあまりない。ほとんどの客が、性急に奈緒美の軀をまさぐってくるか、マグロになってサービスを求めるかのどちらかだ。

ところが小坂だけは、まず裸で抱き合ったまましばらくじっとしている。そうしていると、束の間いやなことを忘れることができるのかもしれない。いまもそうだが、いつも穏やかな表情をしている。

当初、奈緒美はそんな小坂に戸惑わされた。だが小坂の愚痴を聞いてからは、その気持ちがわかるようになった。

それればかりか、こうしてやさしく抱かれていると、いつも恋人同士のような気分にさせられる。

今日のように、小坂の前に横柄なうえにガツガツしている客を取ったときなど、なおさらそうだった。

小坂がそっとキスしてきた。

下腹部に小坂の強張りを感じて胸をときめかせていた奈緒美は、眼をつむって唇を受けた。

小坂はキスの仕方もやさしい。巧みなテクニックもある。すぐに舌を入れてくることはせず、やさしく唇を触れ合わせて女のその気を引き出しておいて、ゆっくり舌を滑り込ませてくる。そして、徐々に情熱的に舌をからめてくる。

それに合わせて舌をからめているうちに奈緒美は、狂おしくなるような性感をかきたてられて、せつなげな鼻声を洩らさずにはいられなくなる。

やがて小坂は唇を離して起き上がった。

「いつものようにそのままでいいよ」

いわれて奈緒美が仰向けに寝たままになっていると、

「いつ見てもきれいだ……」

小坂はつぶやくようにいいながら、両手をバストに伸ばしてきて、やさしい線を描いている膨らみを、指先でなぞっていく。

「あぁッ……」

ゾクゾクする指の感触に、奈緒美は喘いでのけぞった。

客が小坂のときは、いつもあるところまで奈緒美がすることはない。されるままになっている。

小坂の指先がくすぐるように撫でまわしている乳首は、もうビンビンになっている。

繰り返しのけぞって喘ぎながらそれを見ているうちに、奈緒美は内腿の付け根のあたりがムズムズしてきて、両脚をすり合わさないではいられなくなる。

小坂の両手が大切なものでも扱うように乳房を揉む。と同時に指先で乳首をくすぐる。

奈緒美の腰がひとりでにいやらしくうねる。ムズムズする性感が内腿の奥に侵入してきて、とっくに濡れている膣をざわめかせる。

そのたびに中がヒクついて、ジュクッと生々しい音をたてる。

いつものように、小坂はじっと奈緒美の軀を見ながら愛撫をつづけている。

当初、奈緒美は戸惑って、どうしてこんなことをするのか訊いたことがあった。

すると小坂は苦笑して、

「たぶん、女が自分のものになってるって気がするからじゃないかな」

と、ひとごとのようにいった。

そのとき奈緒美は、妻とうまくいっていない小坂の屈折した思いがその言葉にこもっているような気がしたものだった。

小坂の手が下腹部に這ってきて、ヘアと一緒にこんもりと盛り上がった丘を撫でる。片方の手は乳房を揉んでいる。

恥骨を撫でまわす小坂の手が、ヒクつくたびにジュクッという音をたてている女芯をよけいにうずかせて、奈緒美は自分から脚を開きそうになる。

小坂の手が太腿を掃くように撫で上げて内腿に分け入ってきたとき、それを待ちかねていた奈緒美は腰をうねらせて脚を開いた。

小坂の指が、もう沸騰したようになっている部分のまわりをなぞる。そうしているだけで、肝腎のそこにはなかなか触ってくれない。

焦《じ》れったさに奈緒美はいやらしく腰を波打たせながら、

「ウウン、触って」

たまりかねていった。

「どこを触ってほしいんだ？」

小坂がいつものように訊く。

「いやッ」

奈緒美はかぶりを振り、腰を揺すりたてた。

「どうして？」

小坂が怪訝な声で訊く。

奈緒美も戸惑っていた。

この仕事をはじめた当初は、女性器を指す四文字の言葉を口にすることが恥ずかしくていやだったが、それにも慣れてきていた。

というより恥ずかしいことに変わりはなかったが、そのことで刺戟され興奮するようになって、客が小坂でもその言葉を口にしていた。

それなのに思わず「いや」といった。小坂の前でその言葉を口にするのが不意に恥ずかしくなったからで、そのことに戸惑ったのだ。

「どうかしたのか、ん？」

小坂が恥ずかしいほど濡れている部分のまわりを指でなぞりながら、重ねて訊く。

奈緒美はそうしてほしくて我慢できなくなっていった。

「ああ、オ××コ触って」

「触るだけでいいのか？」

「うん、いじって」

奈緒美は「奈美」にもどり、媚情をこめていった。

小坂は奈緒美の脚の間に移動した。

「弄られるより舐めまわされたいんじゃないか？」

訊くと同時にスーッと、指先でクレバスを撫で上げた。

「アアッ……舐めてッ」

身ぶるいする快感に、奈緒美は喘いでのけぞっていった。

4

奈緒美は息を弾ませながら、仰向けに寝ている小坂の上でシックスナインの体勢をとると、エレクトしたペニスを手にした。

小坂のペニスは、夫のものよりも立派だった。太さや長さはさしてちがわないが、エラが大きく張り出しているぶん亀頭が巨大で迫力がある。

その亀頭に舌をからめて、ねっとりと舐めまわしていると、たったいま小坂のクンニリングスでイカされてせつないほどうずいている女芯を、それでこすりたてられるときのたまらない快感が頭をよぎって、ひとりでに甘い鼻声が洩れる。

小坂が両手で秘苑を分けた。

パックリと肉びらが開いた感覚に、奈緒美の軀をざわめきが走った。

小坂の指がクリトリスと同時に膣口をこねる。

クチュクチュという生々しい音と一緒に興奮と快感をかきたてられて、奈緒美は泣くような鼻声を洩らして身をくねらせながら、ペニスの先から根元まで舐めまわす。片方の手では、小坂の袋の部分を愛撫している。

小坂が蜜壺に指を挿し入れてきた。

ヌル～ッと滑り込んできた指に、奈緒美は呻《うめ》いてのけぞり、それだけでかるく達してしまった。

その指が蜜壺をこねる。奈緒美は怒張を咥えると、顔を振ってしごいた。

泣きたくなるような快感が、そのまま鼻声になる。

怒張を口でしごきながら、袋の部分を愛撫している手をその下に這わせ、指先でアヌスをくすぐるように撫でまわした。

小坂が呻き、ペニスをヒクつかせる。

ほかの客のとき以上に、小坂も感じてくれていると思うとうれしくなって、奈緒美のほうも手放しで感じてしまう。

いつものことだが、そのため小坂よりも先にたまらなくなった。

「アアだめッ、もうだめッ」

息せききっていうなり、奈緒美は横に倒れ込んだ。

「相変わらず感じやすいな」

小坂が笑っていった。

「素股にいって、いいですか」

「ああ」

自分でもはっきりそうとわかる、発情した表情で荒い息をしながら訊いた奈緒美に、小坂はうなずき返した。

奈緒美の秘苑は、もうその必要もないほど女蜜にまみれていた。それでもさらに滑りをよくするため、ローションを小坂の怒張に塗りつけた。

怒張を腹部のほうに向けて倒すと、奈緒美は小坂に軀を重ねていった。

そのまま、肉棒を割れ目にあてがって、ゆっくり軀をスライドさせる。

そうやって、たまらないほどうずいている女芯をヌルヌルした肉棒にこすりつけていると、このときばかりはほかの客のときでも本気で感じてしまう。ましてや相手が小坂のときはなおさらだった。

それに奈緒美にとってこの素股の感覚は、この仕事をはじめるまで知らなかった快感だった。

性器同士をこすり合わせているうちに、ペニスを入れたくてたまらなくなる。

それを必死に我慢していると、たまらなさが極限に達してくる。

そんな状態で客が射精すると、同時に奈緒美もイッてしまう。

そのときのイキ方には、ふつうのセックスともオナニーともちがった、えもいえない快感がある。

「アアいいッ、アアン気持ちいいッ」

奈緒美は軀をうねらせながら、荒い息遣いと一緒に小坂の耳元で囁きかけた。

それは客の興奮を煽る仕事上の殺し文句だが、奈緒美にかぎっていえば演技ではなく本気だった。

「どこが？」

小坂が訊く。

「オ××コいいッ。いいのォ」

奈緒美はよがり泣きながら、いやらしい言葉に興奮を煽られていった。

小坂の大きく張ったエラと過敏なクリトリスや膣口がこすれて、身ぶるいするような快感がわきあがる。

『アア入れたいッ、入れてほしいッ。小坂さんの、硬いコレ入れて、激しくズコズコされたい！』

奈緒美はたまりかねて胸のなかで叫んだ。だが本番は禁止されている。

小坂の息遣いも荒くなってきた。

「ああッ、もうイキそう……ね、一緒にイッてッ」

奈緒美はクイクイ腰を律動させながら訴えた。

ふたりの股間から、生々しい音が響く。

「イクぞ！」

小坂がうわずった声でいって腰を突き上げた。

奈緒美は夢中になってクレバスを肉棒にこすりつけた。

小坂が奈緒美を抱きしめて呻いた。同時にビクン、ビクンと肉棒が脈動してビュッ、ビュッと生温かいスペルマを発射する。

「アア〜イクッ、イクイク〜ッ！」

奈緒美も小坂にしがみつき、オルガスムスのふるえに襲われた。

その夜、奈緒美は風呂から出て、裸のまま洗面所の鏡の前に立った。鏡に映った裸身が、自分でもひどく艶めかしく見えた。元々プロポーションには自信がある。

そのうえ全身に潑剌《はつらつ》とした感じがみなぎっているようで、とりわけウエストのくびれから悩ましく張った腰の線がぐっと色っぽくなったような気がする。

――ヘルスで働きはじめてまだ二カ月ほどだけど、何人もの男に接したせいかも……。

ふとそう思ったとたん、こんどはその裸身がひどくいやらしく見えてうろたえさせられた。

狼狽した気持ちの中には、夫と子供に対するうしろめたさもあった。

それでいて、昼間の小坂との行為の余韻がくすぶりつづけていた。

この日は小坂のほかに三人の客を取った。にもかかわらず、奈緒美自身の気持ちがちがうせいか、小坂との行為だけはべつで、余韻となって尾を引いていた。

もっともこれは今日にかぎったことではなく、いつものことだった。

しかもこういうことがしだいにより生々しく、強まってきていた。

奈緒美は着替えの下着を手にした。

それは、まだいちどもつけたことがない下着で、数日前、「ママン」からの帰りにデパートの下着売場に立ち寄って買ってきたものだった。

その下着——黒いシースルーの布の上に豪華にレースを使ったブラとストリングスのビキニショーツとガーターベルトがセットになっている——をつけ、セパレーツの黒いストッキングをはいてガーターベルトで留め、鏡を見た。

ガーターベルトをつけたのは、初めてだった。

さっき裸を見たときと同じように、自分でもドキドキするほどセクシーに見える反面、セクシーすぎていかにも商売女の下着姿を見ているような気もする。

——でも、このくらい刺戟的なほうがいいかも……。

その下着を買うときと同じことをつぶやいて、奈緒美は洗面所を出た。

夫はもうベッドに入っている。いままで奈緒美のほうから夫を求めたことはない。

戸惑いながらも夫の反応を期待してそっと寝室に入った。

奈緒美のベッドの枕元のスタンドの明かりだけが点いていて、夫は布団のなかで背中を向けていた。

「あなた、もう眠ったの？」

いささか緊張して奈緒美が声をかけると、「ん？」といって夫が振り向いた。

「なんだよ、どうしたんだ⁉」

奈緒美の下着姿に眼を見張って、驚きの声をあげた。

「ときにはこういう下着も刺戟的でいいかなと思って、買っちゃった。どう？」

「どうって、なんでまた……そんな贅沢する余裕なんてないんじゃないか」

夫の言葉に、奈緒美は愕然とした。冷水を浴びせられたようだった。それでもなんとか気を取り直して、

「これくらいいいじゃない。それよりねェ、あなたのために買ったんだからちゃんと見てよ」

いいながら夫のベッドに潜り込んだ。

「俺の？　なんで？」

「わたしがこんな下着つけてるの見ても、なんともないの？」

怪訝な表情で訊く夫に、奈緒美は訊き返した。

「え？　なんだ、そういうことか」

夫は苦笑いしていった。

やっとわかってくれた夫に、奈緒美は甘えかかって、

「だって、ずっとしてないんだもん」

「そりゃあそうだけど、ここんとこ俺、疲れてんだ。そのうち……な、寝かせてくれよ」

夫は困惑したようすでいうと、奈緒美を押しやって背中を向けた。

『んもう、ひどォ〜い！』

かろうじて声に出さず、奈緒美は憤慨した。

『小坂さんと浮気したってしらないから』

遣り場のない憤りからそう毒づきながら夫のベッドを抜け出す自分が、たまらなくミジメだった。

期待をこめていた下着を脱いでいると、よけいにミジメな気持になる。ショーツだけになってパジャマを着て自分のベッドに入った。

言い訳でなく本当に疲れているらしく、夫はもう軽い寝息をたてていた。

期待が膨らんでいただけに、とてもこのままでは眠れそうもなかった。奈緒美はショーツのなかに手を這わせた。

肉びらの合わせ目は、ヌルッとするほど濡れていた。昼間の小坂との素股プレイを思い出しながら、奈緒美は声を殺して指を使った。

5

一週間後、小坂が「ママン」にきて奈緒美を指名した。

この日の小坂は、なんだかようすがおかしかった。

仕事や家庭のことで鬱屈した思いを抱えているせいか、これまでもときおり心ここにあらずといったようすを見せることはあったが、それは一瞬のことだった。

ところがなぜか今日にかぎって、「ママン」に現れたときからまるで鬱病にでもかかったように落ち込んだ表情をしていた。

それに奈緒美と個室に入っても、口数も少なく、というより奈緒美が話しかけたことに上の空といった感じで返事をするだけで、いままでの小坂とはまるで別人のようだった。

「なんだか今日の小坂さん、いつもとようすが全然ちがうけど、なにかよくないことでもあったんですか」

すぐには訊けない雰囲気さえあったため黙っていた奈緒美だが、シャワーから出て思いあまって訊くと、

「ん？　あ、いや、つまらないことだよ」

小坂はあいまいな笑いを浮かべて、初めてまともに口をきいた。

「すまん。奈美と会ってるのに辛気臭《しんきくさ》い顔して」

「そんなこと気にしないでください。それより元気出して」

「ああ。そういえば、今日はムスコも元気がない。おいこら、奈美に失礼だぞ」

小坂は股間を見やり、苦笑していった。

ペニスはまだ萎えたままで、こんなことは初めてだった。

「ね、今日は小坂さん寝てて、わたしにサービスさせて」

「ああ。じゃあマグロになって、そうしてもらおうか」

いって小坂はベッドに仰向けに寝た。

個室では当たり前の行為なのに、奈緒美はドキドキした。

それにサービスするといっておきながら恥ずかしくなった。相手が小坂で、そういう当たり前の行為を小坂にするのは初めてだからだった。

小坂に添い寝すると、そんな奈緒美の気持ちを察してくれたのか、小坂は眼を

つむった。

奈緒美は小坂の脚に脚をからめ、太腿に股間をこすりつけながら、乳首に舌と指を這わせた。くすぐるように舐めまわし撫でまわす。

小坂がかすかに呻く。

みるみる乳首が硬くなって勃ってきた。それを感じて奈緒美も濡れてくる。そのまま、片手を小坂の太腿に這わせ、内腿の付け根に向けて、指先でかるく掻くようにする。が、ペニスには触れない。

両脚にそれを繰り返し、陰毛と一緒にペニスの根元を愛撫する。徐々にペニスが勃ってきた。

奈緒美は小坂に軀を重ねた。奈緒美の乳首もしこってきていた。

裸身をくねらせてすりつけながら、ゆっくりと下半身に移動していく。小坂の軀にこすれる乳首がチリチリうずき、ペニスの感触に子宮がざわめく。

目の前にきたペニスは、もうすっかりエレクトしていた。

大きくエラを張った亀頭に舌をからめながら、手で袋の部分をくすぐる。怒張がヒクつくのを感じて奈緒美も興奮を煽られ、ひとりでに鼻声が洩れる。

怒張の先から根元まで、繰り返し丹念に舌でなぞりながら、小坂の両脚を膝を立てて開くと、袋の部分からアヌスまで舐めまわす。

「おお、たまらないよ。おいで」

小坂がうわずった声でいった。

奈緒美は軀の向きを変え、小坂の顔をまたいでシックスナインの体勢をとると、怒張を咥えてしごいた。

小坂の両手が肉びらを開き、舌がクリトリスをこねる。

奈緒美は泣くような鼻声を洩らして顔を振った。

相手が小坂だと、我慢がきかない。たまらなくなって怒張から口を離したとたんに突き抜ける快感に襲われ、よがり泣きながらオルガスムスのふるえをわきたてた。

息を弾ませながら小坂の上から下りると、ローションを手に取って怒張に塗りつけた。

怒張にまたがって軀を重ねていくと、小坂がキスしてきた。舌を入れてからめてくる。

奈緒美も熱っぽく舌をからめ返しながら、ヌルヌルしている怒張にクレバスをこすりつける。

そうするうち、すぐにキスしていられなくなった。

「ああンいいッ」

奈緒美は泣き声でいった。クリトリスと張り出したエラがこすれて、またイキそうになる。うずいている膣に、それを入れたくてたまらない。

「頼みがあるんだ」

小坂が妙に冷静な声でいった。

「奈美の中に入れさせてくれないか。もちろん本番が禁止されてるのはわかっている。わかっているけど、俺の最後の頼みだと思って聞き入れてくれないか」

「最後って、どういうこと？」

奈緒美は動きを止め、二重に戸惑いながら訊いた。

「もう奈美とは会えないんだ。だから最後に奈美と結ばれたいんだ」

奈緒美は驚き、そして困惑した。

驚きは、小坂の思いがけない言葉に対してで、困惑は店の禁止行為を求められたせいもあったが、それよりも奈緒美自身、この仕事をはじめるにあたって自分と、そして夫と子供への罪悪感を、エッチなことはしてもセックスはしないのだから、という言い訳で振り切っていたからだった。

だが小坂は思い詰めたような表情をしていた。というよりも鬼気迫るものがあった。

それに圧倒されると同時に答えに窮して奈緒美は訊いた。

「どうして会えないの？　小坂さん、躯の具合でもわるいの？　それとも奥さんにバレたから？」

「わけはいえないけど、そんなことじゃない」

小坂はふっと笑っていった。恐ろしく虚《うつ》ろな笑いだった。

それを見て奈緒美は、自分でもよくわからない情動にかられていった。

「いいわ。わたしも小坂さんと結ばれたい」

とたんに小坂の表情がいつものそれにもどった。

「このままでいい？」

「俺はいいけど、奈美はつけなくてもいいのか」

奈緒美は自分が上になったままでいいかと訊いたのだが、小坂はコンドームのことに取ったらしく、驚いて訊き返した。

ちょうど奈緒美は安全日だった。こっくりとうなずくと、上体を起こして腰を浮かせ、小坂の怒張を手にした。

亀頭を膣口にあてがった瞬間、夫と子供の顔が頭をよぎった。

奈緒美はだが、めまいがするような興奮に襲われて、腰を落としていった。

大きくエラを張ったそれが、膣を押しひろげるようにして突き上げてきて、息が詰まった。

腰を落としきると、久々に味わう甘美なうずきに軀を貫かれ、それだけで達してしまって、

「アーッ！」

奈緒美は感じ入った声を放った。

軀のわななきが止まらない……。

小坂が両手を伸ばして乳房をとらえ、揉みたてる。

奈緒美は小坂の腕につかまって、クイクイ腰を振りたてた。というよりひとりでに腰が律動する。

膣の中を、躍るようにしてこすりたてる肉棒の感触がたまらない。泣きたくなるほど気持ちいい。

それをそのまま口に出した。

「アアいいッ。アアン気持ちいいッ」

「俺もだよ」

いうなり小坂が起き上がって覆いかぶさってきた。激しく突きたててくる。

「いいよ奈美。このまま死んでもいいッ」

「わたしもよ。ずっと、ずっとこうしていたいッ」

奈緒美は歓喜の涙を流しながら、小坂の動きに合わせて夢中になって腰をうねらせた。


——驚くべき告発の手紙が保育園の母親たちのもとに送られてきたのは、その翌日のことだった。

すぐに猪原美津子を除いた母親たち全員に招集がかかり、蜂の巣をつついたような大騒ぎとなった。

それというのもその手紙には、こんな色狂いの女を父母会の会長にしておいていいのかと、猪原美津子が若い男を買い漁っているという乱行《らんぎょう》ぶりが激しい非難と侮蔑の言葉で書かれていたからだ。

そのうえ美津子が若い男とホテルから出てくる証拠写真まで添えられていた。

奈緒美もその手紙と写真を見たときは啞然とした。だがこれまでのいきさつがあるだけに、溜飲が下がる思いだった。

ところがその日、夕食の仕度をしながら、テレビのキャスターがニュースを伝えるのを聞くともなしに聞いていた奈緒美は、ふと手を止めてテレビを見た。

キャスターは電車への飛び込み自殺を報じていたのだが、その電車が奈緒美を別世界に運んでくれる電車だったのだ。

テレビ画面を見た瞬間、奈緒美は手にしていた杓文字《しゃもじ》を落とした。

電車と一緒にあろうことか、小坂の顔写真が画面に映っていたのだ。

顔写真の下には、

「死亡した猪原武夫《たけお》さん（38歳）」

というテロップが流れていた。

「猪原さんはN興産の社長で、会社は半月ほど前に国税庁の査察を受けて脱税が発覚しており、それを苦にしての自殺ではないかとみられています」

キャスターがいうのを聞いて、奈緒美は軀のふるえが止まらなくなった。

——あの小坂さんが、猪原美津子の夫だったなんて……。

N興産は、猪原美津子の夫が社長で、父親が会長をしている会社だった。

奈緒美は混乱している頭で考えた。

──あの猪原美津子を告発する手紙を出したのは、小坂さんにちがいない。それに会社の脱税が発覚したのも、おそらく小坂さんによるものだろう。

なぜ小坂がそんなことをしたか、奈緒美には痛いほどわかった。

わかるだけに、躯のふるえと涙が止まらなかった。

翌日、保育園に子供を送っていくと、猪原美津子の姿はなかった。母親たちが集まってヒソヒソ話をしていた。猪原夫婦の話にちがいなかった。

この日は「ママン」に出る日だった。奈緒美は保育園を出ると、ママチャリで駅に向かった。

電車に乗って小坂が身を投げた場所を通りすぎるときは胸がしめつけられて躯がふるえ、涙があふれそうになった。

それでも「ママン」に着いたときは、いつもの奈美になりきっていた。

熟女になって

1

「とりあえず、あらためて乾杯しよう」

瀬木元彦《せきもとひこ》は傍らのふたりに笑いかけて、ウイスキーの水割りが入ったグラスを持ち上げた。今井美寿々《いまいみすず》と小寺哲夫《こでらてつお》も笑みを浮かべてグラスを手に取った。

「では、美寿々と十四年ぶりの再会を祝して……」

三人は「乾杯！」の声と一緒にグラスを合わせた。

この夜、三人が通った地方の高校の同窓会が都内で開かれ、東京近辺に住んでいる同級生たちが集まった。その席で、瀬木と小寺は十四年ぶりに美寿々と再会したのだった。

この同窓会は、卒業後二年毎に開かれていて、今回が七回目だった。三人のうち小寺だけは毎回出席していたようだが瀬木はここ二回つづけて出ただけで、美寿々は初めての出席だった。

美寿々は婦人科医と結婚して、姓が望月《もちづき》から今井に変わっていた。

高校時代の三人は妙に気が合って、なにをするのもほとんど一緒だった。そのため同級生たちから「仲良し三人組」と揶揄されるほどだった。それに三人とも真面目で成績もよかった。

卒業後、三人はそろって東京の大学に進学した。ところがそれぞれ大学がちがっていたこともあって、それ以来それまでの関係は自然消滅のような形で途絶えた。

ただここにきて、瀬木と小寺のふたりは、瀬木が二年前に初めて同窓会に出てからちょくちょく会うようになっていた。

瀬木にとって美寿々との再会は、ほかの同級生たちとのそれとはちがった意味合いを持っていた。

それは、親友の小寺にしても同じだったはずだ。美寿々と特別に仲がよかったというだけでなく、高校時代、瀬木も小寺も美寿々に恋愛感情を抱いていたからだった。

とはいえ、ふたりとも美寿々に胸のうちを明かしたことはなかった。というよりも瀬木と同様、小寺も明かすことができなかったにちがいない。

瀬木が小寺の美寿々に寄せる思いに気づいていたように、小寺も瀬木の胸のうちを察して、瀬木のことを気にしているふしがあった。

それがわかっていたから、瀬木は美寿々に気持ちを打ち明けることができなかったのだ。

卒業まで三人の関係が変わらなかったことを思えば、小寺もそうだったにちがいない。

もっとも瀬木にしても小寺にしても、かりに相手の存在がなかったとしても美寿々に気持ちを打ち明けることができたかどうかは疑わしい。

当時のふたりはそれほどウブだった。それに美寿々も清純そのものだった。

そんな三人が十四年ぶりに再会したのだ。そこで、瀬木が二次会の途中で美寿々と小寺を誘い、席を抜け出した。そして、このホテルのバーにきたのだった。

「それにしても今日美寿々と会えるなんて思ってもいなかったんで、顔を見たときは驚いたよ」

美寿々を真ん中にしてカウンターに三人並んで水割りを飲んでいると、まだ気持ちが高揚しているようすで小寺がいった。

瀬木は小寺を揶揄する眼つきで見て訊いた。

「驚いただけか」

「だけかって?」

「俺なんかドキドキしたよ」

「え?! どうして?」

美寿々が探るような笑みを浮かべて瀬木に訊いた。

「高校時代も可愛かったけど、びっくりするほど色っぽくなってたからさ」

「そう、それは俺も思ったよ。ホントいうと、瀬木と同じようにドキドキしてたんだ」

小寺が気負って瀬木に同調した。

「いやァね、ふたりとも。そろってお世辞なんていわなくたっていいわよ」

美寿々は笑みを浮かべたまま、アルコールが入って艶めかしくなった眼つきで瀬木と小寺を交互に睨んだ。

「お世辞じゃないよ、マジだよ。な、瀬木」

「ああ。ホント、色っぽい、いい女になったよ」

小寺に同意を求められて瀬木がいうと、美寿々は啞然としたような表情を見せた。

「信じられないわ、ふたりがそんなことをいうなんて。わたしよりもあなたたちのほうがずっと変わったんじゃない？」

美寿々にそういわれると、瀬木と小寺は顔を見合わせて苦笑いするほかない。

「ま、十四年も経ってんだからな、俺たちだって変わるさ」

「そう、もう三十二だもんな。でも三人のなかでは、まだ俺が一番変わってないほうなんじゃないか」

そういった小寺に、

「どういう意味だよ？」

と、瀬木は訊いた。

「医師の奥さんにおさまった美寿々は色っぽい人妻になってるし、商社マンの瀬木は早くもバツイチだけど女に不自由してない。それに比べて公務員の俺なんか仕事も地味だし、情けないことにいまだに独身のままで彼女もいないんだぜ」

小寺は自嘲の笑いを浮かべていった。

「瀬木くんて、結婚してたの？」

美寿々に訊かれて、瀬木は苦笑いしていった。

「ああ、二年ほど」

「どうして離婚したの？　あ、まずいこと訊いちゃった？」

「いや、べつにかまわないさ。つまらないこと、というか笑い話だから」

こんどは瀬木が自嘲の笑いを浮かべていった。

「直接の原因は俺の浮気なんだけど、女房も対抗して男をつくったんだ。で、ジ・エンドってわけさ」

「な、浮気なんて昔の瀬木からは考えられないだろ？　こいつ、けっこう女に手が早いらしいんだ」

小寺が美寿々の驚いたようすを面白がっているようにいった。

「なんだよ、まるで俺が女たらしみたいじゃないか。美寿々、小寺のいってることはあまり信用しないほうがいいぞ。さっきは情けないなんていってたけど、小寺だって昔のこいつからは信じられないことにハマッてんだから」

「おい、よせよ」

瀬木が笑って憤慨してみせ、美寿々に意味ありげにいうと、小寺はあわてた。

「え？　なになに教えて」

美寿々が興味津々の顔つきで瀬木を急《せ》きたてた。

「本人に訊いてみなよ」

「小寺くん教えてよ」

「いいよ、そんなこと美寿々は知らなくても」

小寺は困惑しきりだ。

「なんだよ小寺。いまさら美寿々にカッコつけてもはじまらないぞ、もう人妻なんだから。それに俺のことだけいって、おまえのことは内緒なんてずるいぞ。いいにくかったら、俺がいってやろうか」

「勝手にしろ」

小寺はやけ気味にいった。

「こいつ、風俗にハマッてんだよ」

「ハマッてなんかないって。たまにお世話になってるだけだよ」

小寺は必死に言い訳した。

美寿々は唖然としている。

「風俗って、あのエッチなことをするお店？」

「そう。あの真面目で出来のよかった小寺クンが、信じられないだろ？」

「そうね……でも、あれから十四年も経ってるんですもの、みんないろいろあって、変わるのも当たり前じゃない」

美寿々は驚いてうなずいたあと、ちょっと考えるようすを見せてから感慨深そうにつぶやくようにいった。

こんどは瀬木が驚いた。美寿々にしては意外な反応だった。そして、気になっていたことを訊いた。

「そういえば、肝心の美寿々のことはほとんど訊いてなかったな。ダンナはどんな人？」

美寿々はふっと笑っていった。

「どんなって、フツーの人よ」

「でも婦人科の医者なんて、うらやましい職業だよな」

「ああ。俺、道をまちがえちゃったよ」

「いやだわ。ふたりともなにいってるの。男の人ってすぐそう思うみたいだけど、職業ってことになったらそんなものじゃないのよ」

美寿々はふたりを色っぽい眼つきで睨んでいうと、視線をカウンターに落として、どこか深刻な表情になった。

「そうかもな。で、ダンナはやさしいの？」

小寺が美寿々のようすにつられたようにつぶやき、なんとなく否定的な答えを期待しているような表情と口調で訊いた。

「ええ」

「じゃあ幸せなんだ」

「そうね、そういう意味では……」

なぜか美寿々はあいまいな笑みを浮かべて妙な言い方をした。

瀬木は訊いた。

「べつの意味ではちがうの？」

「え？……そういわれると、どういったらいいか困っちゃうんだけど……」

美寿々は困惑した表情で口ごもった。

「なにか悩みでもあるのか？」

瀬木が重ねて訊くと、美寿々はちょっと躊躇《ちゅうちょ》するような表情を浮かべてから小さくうなずいた。

「どんな？　もし俺たちで役に立つなら相談に乗るよ。な、小寺」

「もちろん。美寿々のためならなんでもするよ」

小寺が真顔でおかしいほど力んでいった。

「ありがとう。だけど、いってもどうしようもないことなの。それより、ふたりともそういうとこは高校時代のままって感じ。その気持ちだけでうれしいわ。ね、せっかくこうして再会したんだから、こんな暗い話なんかよして、もっと楽しく飲みましょうよ」

美寿々はふたりに笑いかけて、無理に明るく振る舞おうとするかのようにいった。

瀬木と小寺は顔を見合わせた。このまま放っておいてもいいのか？　と訊くような表情の小寺に、瀬木はうなずいた。

そのとき、三人の前に新しい水割りが置かれた。瀬木はグラスを手にしていった。

「美寿々のいうとおりだ。もういちど乾杯し直そう」

「こんどはなにに乾杯する？」

小寺が訊く。

「仲良し三人組の変わらない友情に、ていうのはどうだ？」

「いいね。じゃあ……」

三人は瀬木がいった言葉を唱和してグラスを合わせた。

「あ、俺ちょっとトイレ……」

水割りを一口飲んで小寺はいうと、トゥールチェアから下りてバーの奥に向かった。

「暗い話をぶり返すわけじゃないけど、美寿々が今回初めて同窓会に出たの、なにか悩んでることがあったからなんじゃないのか」

ふたりきりになって瀬木が訊くと、図星を指されて驚いたというような表情を美寿々は見せたが、

「瀬木くんのほうこそ、どうして出るようになったの？」

反対に訊いてきた。

「俺？　歳のせいかな、昔のことが懐かしくなってさ。ていうか、正直いうと美寿々に会いたくなったんだよ」

「またァ……でも、わたしもそうなの」

美寿々は笑って瀬木を睨んだが、真剣な表情になっていった。

アルコールの酔いで上気したようなその顔が、思わず見惚《みと》れるほど色っぽい。

瀬木はうしろめたさをおぼえながらも、いわずにはいられなかった。

「小寺に抜け駆けするわけじゃないけど、こんどふたりだけで会えないかな」

「え？　それって、デートしようってこと？」

美寿々はうつむくと、硬い表情で訊き返した。

咎められるのを覚悟で瀬木はいった。

「そう。だめかな」

「いいわ」

意外にも美寿々があっさりと応じたので瀬木は一瞬唖然とした。が、すぐに顔が緩みきってしまった。

「じゃあ明日の午後二時、このホテルのティールームでどう？」

「せっかちなのね」

弾んだ声で訊いた瀬木を、美寿々は揶揄する眼つきで見て、色っぽく笑っていった。

そのとき小寺がトイレからもどってくるのが見えた。

と、美寿々が瀬木の耳元で囁いた。

「いいわ」

瀬木は胸がときめくと同時にチクッと、針で刺されたような痛みをおぼえた。

2

翌日の日曜日、瀬木はホテルのティールームで美寿々と逢った。

約束の二時に五分ほど遅れてやってきた美寿々は、シャネルのものらしいツーピースを着ていた。

軀の線にフィットした洋服が、上品さと色っぽさを兼ね備えているうえにプロポーションもいい美寿々の魅力を引き立てていた。

「ダンナにはどういってきたんだ？」

「べつに……主人は今日もそうだけど、休みの日は大抵ゴルフなの」

「じゃあ夕方まで時間はあるな」

美寿々は黙って紅茶を飲んだ。

瀬木はコーヒーを一口飲んでいった。

「前からずっと訊きたいと思ってたんだけど、高校時代に俺と小寺が美寿々に恋してたってこと、美寿々気づいてた？」

「ええ、なんとなく」

美寿々は面映《おもは》ゆそうな笑みを浮かべていった。

「あのころの美寿々の気持ちはどうだったんだ？　もし俺と小寺が好きだって告白してたら、どっちを選んでた？」

「たぶん、困ってたでしょうね。ずるいっていわれるかもしれないけど、わたしふたりとも好きだったから。でも瀬木くんも小寺くんもあの頃は真面目だったから、困らなくてすんだのよね」

美寿々は微苦笑していった。

「美寿々だってそうだよ、まぶしいほど清純だったよ」

「それは買い被りよ。瀬木くんがまだ女性を知らなかったからだわ。ホントはわたし、ちっとも清純じゃなかったの。自分でもなんていやらしいんだろうと思って、なんども自己嫌悪に陥ったわ。そういう自分がいやで、だからよけいに真面目なふりをしていたの」

思いがけない告白に、瀬木は驚きながら訊いた。

「いやらしいって、エッチなことを想像したりしてたってこと？」

美寿々はうつむいて小さくうなずいた。

それを見て、瀬木はカッと身内が火照った。

あの清純だった美寿々とそのことが重ならない。それでいて、いま初めて生身の美寿々に触れたような気持ちになって、全身の血が騒いだ。

瀬木は切り出した。

「じつはこのホテルにチェックインしてるんだ」

美寿々が弾かれたように顔を上げた。瀬木はあわてて、

「待って。なにもいわなくていい。返事は俺についてくるかどうかにしてくれ」

そういって席を立った。

ダメ元にしても美寿々の口から拒絶の言葉を聞くのは辛い。そう思っての、一か八かの賭けだった。

レジまでいって瀬木は振り返った。思わず胸のなかで快哉の声をあげた。美寿々はうつむいてついてきていたのだ。

「美寿々とこういう所にきちゃうと、妙に照れちゃうな。それに小寺のことを考えたら、なんか悪いような気がして、なんとなく落ち着かないんだよな」

部屋に入って美寿々と向き合うと、瀬木は本音を洩らした。柄にもなく緊張もしていた。

そんな瀬木を、美寿々がなじるような色っぽい眼つきで見上げた。

「だって瀬木くん、手回しよくチェックインしてたし、最初からそのつもりだったんでしょ。小寺くん、あなたのこと、女に手が早いっていってたけど、そのとおりだわ」

そういわれたことで、むしろ瀬木は気が楽になった。

「実際はそれほどでもないんだけど、でもこの際そういうことにしておいたほうがよさそうだな」

苦笑いしていうと、美寿々を抱き寄せた。

美寿々は小さく喘いだだけでされるままになり、横を向けた顔を瀬木の肩にもたせかけた。

セミロングの、サラサラした黒くて艶のある髪から漂う甘い匂いと、洋服を通して感じられる美寿々の軀に、瀬木は息苦しいほど胸が高鳴った

ここにくるまでに胸はときめきっぱなしだったが、妙な照れやうしろめたさのせいで、枷《かせ》をはめられている感じだった。その枷が取れて一気に激しい高鳴りになったようだった。

瀬木は顔を引くと、美寿々の顎に手をかけて顔を起こした。同時に美寿々は眼をつむった。

整った顔がほんのりと上気して、光沢のある赤のルージュが艶かしい、セクシーな形の唇が、瀬木の唇を待ち受けているようにわずかに開いている。

美寿々も瀬木同様、興奮を抑えきれないらしい。息が弾んでいる。

瀬木は吸いよせられるように唇を重ねた。

美寿々の甘美な唇を感じたとたん、なぜかセーラー服姿の美寿々が脳裏に浮かんで、感動まじりの欲情をかきたてられた。

舌を差し入れて貪るようにからめていくと、美寿々も熱っぽく、狂おしそうにからめ返してきた。

たがいに情熱的なキスを交わしながら、瀬木は片方の手で美寿々のヒップを引きつけ、タイトスカート越しにむっちりとしたまるみを撫でまわした。

美寿々がせつなげな鼻声を洩らして腰をもじつかせる。

瀬木の分身は早くもズボンの前を突き上げて、美寿々の下腹部に突き当たっていた。

瀬木は驚いた。美寿々が密着しているふたりの軀の間に手を差し入れて、瀬木の股間をまさぐってきたのだ。意表を突かれた感じだった。

美寿々が顔を振って唇を離した。

「ああッ、こんなに硬いの、久しぶり」

ズボン越しに瀬木の強張りを撫でながら、息せきって妙なことをいった。

「久しぶり？　どういうこと？」

瀬木は訊いた。

「主人、こんなにならないの」

「えッ⁈　インポなのか」

美寿々は瀬木の肩先に額を押しつけたまま、小さくうなずいた。手は相変わらず瀬木の強張りを撫でている。

瀬木は唖然としていった。

「昨日いってた悩みっていうのは、そのことだったのか」

美寿々はまたうなずいた。

「主人にいわせると、職業病らしいの。毎日何人も女性の軀を見てるうちに麻痺してしまったんだって……」

「ダンナ、何歳だっけ？」

「三十八……」

「へえ〜、そりゃあ気の毒だな」

口では同情したものの、瀬木は内心喜んでいた。

「主人はそのうち治るっていうんだけど、もう一年くらいだめなの。ああ、もう立ってられない……」

美寿々は喘ぐようにいうと、瀬木の前にくずおれるようにしてひざまずいた。

瀬木は息を呑んだ。瀬木のズボンの前を凝視している美寿々の表情は、興奮の色が浮きたって、まさに発情したそれだった。

「ね、見せて……」

美寿々は昂ったような声でいうと、瀬木の返事をまたず、ズボンのファスナーを下ろしていく。

ボクサーパンツを突き上げている強張りが、ファスナーの間から突き出た。

「ああッ、クラクラしちゃう！」

ふるえ声でいうなり、美寿々は瀬木の腰にしがみついて、強張りに頬ずりしてきた。

眼を閉じて、興奮に酔いしれてうっとりしているような表情を浮かべ、強張りの感触を味わうように頬ずりする。

瀬木は呆気に取られて美寿々を見下ろしていた。目の前で起きていることが信じられなかった。

それなりにセックスの歓びを知っている人妻が、一年も夫にかまってもらえなければ欲求不満でたまらなくなっても不思議はない。

そうは思っても、それが美寿々となると、あの清純そのものだった美寿々がいきなり自分からこんなことをするなんて！　という信じがたい思いに襲われてしまうのだ。

それでいて、瀬木は興奮と欲情をかきたてられていた。それも相手が美寿々だからだった。

「相当欲求不満が溜まってるみたいだな。さ、立って。俺が解消してやるよ」

「だめ。立てない……」

甘えたような声で美寿々はいった。

強張りに頰ずりしている間にますます興奮がまわったらしい。さらに発情の色が強まったような、凄艶な顔をしている。

「じゃあほら、俺につかまって……」

瀬木は美寿々を抱えて立たせた。

立ち上がったものの美寿々はふらつき、やっと立って肩で息をしている。

「だけど、まさか俺が美寿々の欲求不満の解消役になるとは想ってもみなかったよ」

瀬木は美寿々に笑いかけていいながら、服を脱ぎはじめた。

美寿々も脱ごうとする。瀬木はあわてて制した。

「待って。やっと高校時代の夢が叶ったんだから、俺に脱がさせてくれ」

美寿々は羞《は》じらうような笑みを浮かべて瀬木を睨んだだけで、なにもいわなかった。

瀬木はパンツだけになると、美寿々を脱がせにかかった。

ツーピースの上着を脱がせ、シルクのブラウスのボタンを外していく。胸がときめく。瀬木の脳裏にまた、セーラー服姿の美寿々が浮かんできた。

ブラウスを脱がすと同時に美寿々の両腕が胸を隠した。

「両手を下ろして見せてくれよ」

「そんな……」

戸惑い、羞じらいながらも、美寿々は瀬木のいうとおりにした。

セーラー服姿の美寿々とはおよそかけ離れた、大人の女の艶かしさが匂いたつ紫色のシースルーのブラをつけた上半身が現れて、瀬木は思わず眼を見張った。

透けて見えている乳房は、まさに美乳だ。その頂のくっきりと突き出た乳首が、シースルーの布地をツンと押し上げている。

「美寿々のオッパイ、想像してたとおりだよ。きれいだ……」

「恥ずかしいわ、そんなに見ないで」

美寿々は上気したような顔をそむけている。

このぶんだとパンティもシースルーだろう。瀬木は胸が高鳴るのをおぼえながら、タイトスカートを脱がしにかかった。

官能的に張った腰からスカートを下ろした瞬間、「オッ!」と瀬木は驚きの声をあげた。美寿々が予期しなかった下着をつけていたからだ。

なんとそれは、ブラと同じ紫色のガーターベルトとショーツだった。

ショーツは予想したとおりシースルーで、ヘアが透けて見えていた。そして、ガーターベルトで肌色のストッキングを吊っているのだった。

「驚いたな。いつもこんな下着をつけてるのか」

「主人、だめになってから、わたしに変わった下着をつけさせるようになったの。刺戟を求めようとしたらしいんだけど、効果はなかったみたい」

美寿々はうつむいている顔に微苦笑を浮かべていった。

「でも、それがきっかけなの」

「きっかけ？」

瀬木の問いかけに美寿々はうなずいて、

「わたしがこういう下着をつけるようになったのは。といってもいつもってわけじゃなくて、たまにだけど。女って、つける下着によって気分が変わるの。セクシーになったり、ときめいたり。そういう気分になりたいときにこういう下着をつけるようになってたの」

どこか自嘲するような口ぶりで美寿々がいうのを聞いて、瀬木は思った。

——欲求不満に苦しみながら、せめてそんな気分だけでも味わおうと思ってたということか……。

「それにしても、顔も軀もこんなに色っぽい美寿々の飛びきりセクシーな下着姿を見ても勃たないとは、ダンナはかなりの重症だな」

いいながら瀬木は美寿々のまわりをゆっくりまわって、煽情的なスタイルの下着をつけている裸身を舐めるように見た。

美寿々は子供はいないといっていた。そのせいか、その軀は完璧といっていいプロポーションをしている。

それに全身、きれいに熟れて、見ているだけで息が詰まるような色気をたたえている。

とりわけ、くびれたウエストから悩ましく張った、そしてまろやかに盛り上がったヒップラインがすこぶる官能的だ。

しかも悩殺的なスタイルの下着のせいで、それがゾクゾクするほど煽情的で、瀬木の怒張をうずかせる。

瀬木は襲いかかりたい衝動をこらえてブラホックを外した。

美寿々は自分でブラを取り去った。

瀬木は後ろから美寿々を抱きしめた。

両手にとらえた張りのある乳房を揉みしだき、うなじに唇を這わせると、美寿々はうわずった喘ぎ声を洩らしてのけぞり、腰をくねらせる。それも瀬木の強張りにヒップをこすりつけるようにして。

そのまま瀬木は美寿々をベッドに押し上げていった。

3

ベッドに仰向けに寝た美寿々に寄り添った瀬木は、乳首を口に含んで舌で転がしながら、右手を美寿々の股間に伸ばしてショーツ越しにふっくらと盛り上がっている陰部を撫でまわしたり、指でクレバスをこすったりした。

その前に美寿々に覆いかぶさって両手で乳房を揉みたてると同時に舌でこねまわした乳首は、ビンビンになって突き出している。

クレバスにも蜜があふれているらしく、ショーツに湿り気が感じられた。

美寿々は片方の手でブリーフの上から瀬木の怒張を握り、一方の手を口に持っていったりシーツをつかんだりしている。そして、悩ましい表情を浮かべてもどかしそうな喘ぎ声を洩らして繰り返しのけぞったり、さもたまらなそうに両脚をすり合わせたり、腰を上下左右に振ったりしている。

「白状しちゃうと俺、高校時代、美寿々の裸とか美寿々とセックスしてるとことか想像して、数えきれないほどマスかいてたんだ」

美寿々の耳元で瀬木は囁いた。

「わたしもよ。ううん、わたしの想像は、もっといやらしいの」

美寿々が喘ぎ喘ぎいった。

「エッ⁉……」

瀬木は驚きのあまり絶句した。そして驚きを指に込めて、ショーツ越しにクレバスに食い込ませ、こねるようにしながら訊いた。

「いやらしいって、どんなこと？」

「瀬木くんと小寺くんに、無理やりエッチなことされちゃうの」

一段とたまらなそうに腰をうねらせながら、美寿々が信じがたいことをいった。

瀬木はいきなり頭を殴打されたようなショックを受けた。

「俺と小寺ふたりに⁈　しかも無理やりって、それってレイプじゃないか！」

「そう。あの頃のあなたたち、そんなことするはずないのに……」

「それより俺たちにレイプされてるとこ想像して、美寿々興奮してたのか」

「そう。わたし、ふたりとも好きだったし……でも、いやらしいでしょ？」

瀬木は答えようがなかった。

清純そのものだった美寿々がそんな過激なことを想像してオナニーしていたなんて！　という信じがたい思いと、そんなことがあの頃わかっていれば、という遣り場のない気持ちが胸のなかで交錯していた。

だが、ふと思った。

——レイプされるところを想像して興奮したってことは、美寿々にはレイプ願望があるのかも?!

「あン、痛いッ」

突然美寿々が悲痛な声を洩らして腰をくねらせた。

知らず知らずのうちに、クレバスをこねる指に力が入りすぎていたらしい。

「ごめん」

と瀬木は謝って、美寿々の足元に移動すると、かなり濃いヘアが透けて見えているショーツに両手をかけた。

いよいよ高校時代夢にまで見た美寿々のオ××コが見れると思うと、いやでも胸が高鳴り怒張がうずいた。

その興奮を抑えて、脱がすのを愉しみながらゆっくりとショーツを下ろしていくと、美寿々は脚をよじって下腹部を隠した。

まだガーターベルトとストッキングは残しておいたほうが刺戟的だと思い、そのままにして、瀬木はいきなり美寿々の両脚を押し開いた。

「アッ！　そんなァ、だめェ～」

美寿々は驚き、両手で股間を隠して悲鳴に似た声をあげた。

「レイプされるみたいなのがいいんだろ？　ほら両手をどけなよ」

瀬木は美寿々の押し開いた両脚の太腿を膝で押さえておいて、股間の両手を引き離した。

「いやッ、だめッ」

美寿々は両手で顔を覆った。

「どれ、美寿々のオ××コを拝ませてもらうか」

瀬木はわざとあからさまな言い方をして美寿々の股間を覗き込んだ。

「そんな、そんないやらしい言い方、いやッ」

うろたえたようにいった美寿々だが、そのふるえをおびた声の響きには、恥ずかしさというよりも昂りのようなものが感じられた。

「おお、これが美寿々のオ××コか」

瀬木は秘苑に眼を奪われたまま、込み上げてきた感動と興奮をそのまま口にした。

「ああッ、いやッ」

うわずった美寿々の声には、明らかに昂りがこもっている。

「美寿々のオ××コ、こんな色や形をしてたのか。といっても高校生のときはバージンだから、もっとちがってたはずだな」

瀬木の生々しい言い方をどんな思いで聞いているのか、美寿々は黙って腰だけをもじつかせている。

美寿々の秘苑は、ほぼ逆三角形の、黒々と濃密に生えたヘアがその下の肉びらの両側にまでひろがっていた。蜜にまみれたその形が貪婪な印象を与える薄い唇に似た赤褐色の肉びらとあいまって、猥《みだ》りがわしい眺めを呈している。

その眺めのなかで瀬木がとりわけ眼を奪われたのは、クリトリスだ。

ジトッと濡れたピンク色のクレバスをわずかに覗き見せている肉びらの上端から、大振りな真珠玉のような肉球が露出している。

「でもいまの美寿々のオ××コ、色も形もいやらしさがあって、すげえ興奮させられるよ。それにクリトリスが意外にでかいな。相当オナニーして弄《いじ》くったからじゃないのか」

瀬木がなおもあからさまなことをいって訊くと、

「いやッ、ああんだめッ、もうだめッ」

美寿々は両手で顔を覆ったままかぶりを振り、たまりかねたように息を弾ませていいながら、もうなんとかしてほしいといわんばかりに腰をうねらす。

瀬木は両手で肉びらを分けた。ヌチャッという感じで肉びらが開くと同時に、美寿々は鋭く息を吸い込んだような声を洩らしてのけぞった。

開いた太腿がブルブルふるえ、あからさまになっているクレバスを見ると、窪んですぼまったような膣口が喘ぐように収縮して、ジワッと女蜜を吐き出している。

瀬木はクリトリスにしゃぶりついた。

「アアッ！」

美寿々は昂ったふるえ声を放ってのけぞった。

瀬木が舐め応えのあるクリトリスを舌でこねまわしたり吸いたてたりすると、たちまち感泣するような喘ぎ声を洩らしはじめた。

成熟した軀で欲求不満に耐えてきたせいだろう。美寿々はあっけないほど早々と絶頂を訴えた。

「だめッ、イッちゃう、もうイッちゃう」

息せききってそういったあとに感じ入った喘ぎ声を放つと、よがり泣きながら腰を振りたてた。

美寿々の軀のわななきが収まるのを待って、瀬木は上体を起こした。そして、美寿々の顔を覗き込んだ。

美寿々は放心したような表情で息を弾ませている。

初めて眼にした絶頂に達した直後のその表情にはいままでにない、冴えたような艶かしさがあって、瀬木の欲情をかきたてた。

「こんどは美寿々の番だ。さ、美寿々が一番ほしがってる硬いやつをしゃぶってくれ」

瀬木がそういってうながすと、美寿々は我に返ったような表情を見せて、気だるそうに起き上がった。

瀬木のいきり勃っているペニスを凝視したまま這い寄ってくると、しなやかな指を怒張にからめ、眼をつむって唇を触れてきた。

美寿々の舌がねっとりと亀頭にからみ、くすぐるように舐めまわす。

さらに唇と、その間から覗いてじゃれるように動く舌が、肉棒をなぞる。

それも顔を右に左に傾けたり、ペニスの下に入れたりしながら、亀頭から根元まで肉棒の周囲を満遍《まんべん》なく、まるで味わい尽くすように。

それにつれて、怒張がドクン、ドクンと音をたてて脈動する。

フェラチオをする前の強張ったような美寿々の表情は、いまはもう興奮に酔っているようにうっとりとしている。

ひとしきり舐めまわすと美寿々は肉棒を咥え、顔を振ってしごきはじめた。

新たな興奮をかきたてられているらしく、せつなげな鼻声を洩らす。

「美味しいか」

瀬木の声はかすれていた。必死に快感と興奮をこらえているためだった。

美寿々が眼を開けてチラッと瀬木を見上げ、小さくうなずいた。

見上げられた瞬間の、ドキッとするほど凄艶な眼つきに、瀬木は興奮を煽られて美寿々を起こした。

「これが欲しくてたまらないんだろ？」

怒張を手に揺すって訊くと、美寿々はうなずき、

「ああッ、もうしてッ」

うわずった声でいうなりしがみついてきた。

そのまま倒れ込むと瀬木は上体を起こし、亀頭でクレバスをまさぐった。

「どうしてほしいんだ？」

「ああンだめッ。入れてッ」

美寿々は焦れったそうに腰を振りたてた。

「なにをどこに入れてほしいのか、思いきりいやらしい言葉でいってみろ」

「そんな！　焦らしちゃいやッ。だめッ。もうしてッ」

亀頭でクレバスをこすってクチュクチュという卑猥な音を響かせる瀬木に、美寿々は激しく腰を揺すり、息せききって訴える。

「だめだ、いうまで入れてやんない」

「意地悪ッ。アアッ、瀬木くんのチ×ポ、オ××コに入れて！」

美寿々は顔をそむけて腰をいやらしくうねらせながら、興奮の色が浮きたった表情になってあからさまな言葉で求めた。

その瞬間、瀬木は全身の血が逆流するような感覚と一緒に夢から醒めたような気持ちに襲われた。

それは美寿々への失望ではなかった。初めて生の美寿々に接している気がして興奮と欲情をかきたてられたのだ。

瀬木は美寿々の中に押し入った。

怒張がぬかるみの奥に滑り込むと、悩ましい表情を浮きたててのけぞった美寿々の口から歓喜の声が迸《ほとばし》った。

「オオッ、すごい！　美寿々のオ××コ、名器じゃないか」

瀬木は驚嘆した。蜜壺がピクピク痙攣するように動きながら、ジワッとペニスを締めつけて咥え込むのだ。

「うう～ン。ね、動いて」

蜜壺の煽情的な蠢《うごめ》きに気を奪われていた瀬木は、美寿々の艶かしい声で我に返って抜き挿ししはじめた。

「あぁンいいッ。ああッ、これよ、これが欲しかったのッ」

美寿々がきれいに熟れた裸身をうねらせながら、狂おしそうな表情でいう。

「どこがいいんだ？」

「オ××コッ。ああッ、オ××コいっぱいしてッ」

「ああ。腰が抜けるほどして、よがりまくらせてやるよ」

美寿々のあからさまな求めに煽られて、瀬木は激しく突きたてていった。

4

翌週の日曜日、瀬木は胸をときめかせながら、美寿々と逢う約束のホテルに向かった。

先週の日曜日に美寿々と関係を持ってから一日でも早く逢いたかったが、相手は人妻で瀬木には仕事があって、週末まで待つしかなかったのだ。

それも瀬木は土曜日に逢おうとしたのだが、美寿々が都合がわるいというので仕方なく、日曜日まで。

この日は、美寿々のほうがホテルにチェックインして、先に部屋にいって待っていることになっていた。

ホテルに向かう途中、美寿々の名器の感触を思い浮かべた瀬木は、早くも充血してきた分身に思わずほくそ笑みながら思った。

——美寿々のダンナも気の毒だよな。あんなに色っぽい美人で、おまけに名器の妻でも勃たないなんて。でもそのおかげで美寿々とこういうことになったんだから、ダンナには感謝しなくちゃな。

先週の日曜日、ベッドの中で瀬木が美寿々に夫との馴《な》れ初《そ》めを訊くと、美寿々は思いがけない話をした。

——出会いは婦人科医と患者だったというのだ。しかも驚くべきことに美寿々はＯＬをしていたとき妻子持ちの上司と関係があって妊娠してしまった。そして、堕ろせ堕ろさないで揉めた結果その男と別れ、仕方なく美寿々は子供を堕ろすことにした。

そのとき、堕胎手術をしたのがいまの夫で、おそらく美寿々の容貌や容姿と名器に魅せられたのだろう、美寿々に交際を申し込んできた。

美寿々は出会いのきっかけがふつうではないだけに、当初はためらっていた。だが傷心を慰められているうちにしだいに惹かれるようになっていった、ということだった。

その話を聞いたとき瀬木は、美寿々もいろいろあったのだと、あらためて十四年の歳月が経ったことを思い知らされたものだった。

ホテルの上昇していくエレベーターの中で、瀬木はふと小寺のことを思った。

――小寺の奴、俺と美寿々のことを知ったらどんな顔をするかな？　あれから十四年経って、美寿々も人妻だし、悔しがることはあっても俺を恨むなんてことはないはずだ……。

それは美寿々と関係を持ったあとで思ったことだったが、いままた頭に浮かんできて、瀬木は苦笑いしながら、エレベーターを下りた。

美寿々から電話で聞いた部屋の前に立つと、苦笑いに代わって胸がときめいていた。

チャイムを鳴らすと、ややあってドアが開いた。

その瞬間、瀬木は固まった。――あろうことか、小寺が顔を覗かせて笑いかけてきたのだ。

「こ、小寺、おまえ、どうして?!」

「まァ入れよ」

裏返ったような声を発した瀬木を、小寺は余裕たっぷりにうながした。

瀬木は恐る恐る部屋に足を踏み入れた。

美寿々はベッドの上にいた。先週の日曜日と同じスタイルの黒い下着姿でベッドヘッドにもたれ、脚を投げ出して座っていた。瀬木を見ると婉然と笑いかけてきた。

「瀬木くん、抜け駆けはいけないよ」

茫然として突っ立っている瀬木に、小寺がおどけた表情と口調でいった。

「どういうことなんだ?」

瀬木は美寿々とバスローブを着ている小寺を交互に見て訊いた。

「わたしたち、やっぱり三人がいいと思って……」

「瀬木と美寿々のことを、昨日美寿々から聞いたんだよ。それでこれからは、いつも三人で愉しもうってことになったんだ」

美寿々の言葉を引き継ぐように小寺がいった。

瀬木は小寺に訊いた。

「じゃあ昨日、おまえも美寿々と……」

「ああ。十四年越しにやっと夢を叶えてもらったよ」

小寺はうれしそうにいった。

「だから、こんどは俺たちが美寿々の夢を叶えてやろうじゃないか」

「美寿々の……」

瀬木は訊きかけて、アッと思った。

「そう。おまえも美寿々から聞いてるだろ？　高校時代、美寿々が俺たちにレイプされてるとこ想像して、オナニーしてたって。その夢を叶えてやるんだよ」

小寺が笑っていって、瀬木を小突いた。

「ほら、瀬木も早く脱げよ。美寿々が期待して待ってるぜ」

いうなり小寺はバスローブを脱ぎ捨てた。派手な赤いパンツの前が早くも突き出している。

「チクショー！　これでも俺は多少なりとも良心が痛んでたんだぞ。これじゃあ俺がハメられたみたいじゃないか」

「まあまあ、そうぼやくなって。終わりよければすべてよしだよ」

憤慨する瀬木を、小寺はそういってなだめると、

「ここからは、ハメるのは俺たちだよ。早く脱げ」

と、瀬木の耳元で囁いた。その声同様、卑猥な笑みを浮かべて。

「こいつ！」

瀬木は笑い返すと、手早く着ているものを脱ぎ捨てていった。

二人は顔を見合わせた。うなずき合うと、奇声をあげてベッドの上の美寿々に襲いかかった。

「いや〜、だめ〜」

美寿々が嬌声をあげた。男たちの欲情をかきたてずにはおかない、ひどく艶かしい声だった。

人妻が妖婦になる時

1

……その頃、大学は学生運動で騒然としていて、綾野雅人《あやのまさと》の通うW大も例外ではなかったが、ノンポリの雅人にはあまり関係のないことだった。

そんな九月の、まだ残暑がつづいていたある日曜日だった。

近くのいつもいく定食屋で早めの昼食をすませてアパートにもどってきた雅人は、すぐに扇風機のスイッチを入れ、長髪をかき上げて部屋の中を見まわした。

ちゃんと片づいているかどうか確かめたのだが、そうするまでもなかった。六畳一間の部屋には、家具といえばベッドに机、それにテーブル兼用の電気炬燵《ごたつ》があるだけで、ふだん表に出ている雑多なものはすでにみんな押し入れに投げ込んでいた。

そんな、しなくてもいいことをしてしまうのも、落ち着きをなくしていたからだった。

「明日の午後、わたし、綾野くんの部屋にいってもいいかしら」

松尾暎子《まつおえいこ》が唐突にそういったのは、昨日、雅人が暎子の小学五年生になる息子の家庭教師を終えて、応接間で紅茶を飲んでいたときだった。

当然のことに、雅人は驚いた。

「え?!」

といったきり、とっさに返事ができなかった。

すると、暎子はさらにいったのだ。

「ちょっと、綾野くんにお話ししたいことがあるの。綾野くんの都合はどう?」

——それなら、いまここでもできるのではないか。

雅人はそう思った。が、さっきから暎子に妙に秘密めかしたような眼つきで見つめられていて、ドギマギしながら、

「ぼくはかまいませんけど……」

そういっていた。

雅人はこの春から家庭教師のバイトで週三回、松尾家に通っていた。

松尾家は、主人の松尾が会社を経営していて、妻の暎子と息子の三人家族で、通いで五十がらみの家政婦がきていた。

松尾は四十八歳ということだった。脂ぎったような精力的な感じのする容貌に、身長は百六十五、六の感じで、ずんぐりむっくりした体型の男だった。

妻の暎子は、三十六歳。ゆるくウェーブがかかったセミロングのヘアスタイルが似合う、そこはかとない色気のある容貌をしていて、プロポーションもいい。

松尾と暎子を並べて見ると、どう見ても不釣り合いだった。

ふたりがどうして結婚したのか、雅人は不思議に思えてならなかった。

大学三年で二十歳の雅人は、まだ童貞だった。恋人もいなかった。

そんな雅人としては、男と女のことはわからないと思うよりほかなかった。

ところが松尾家に通っているうちに、雅人にとって暎子が悩ましい存在になっていた。

とりわけ、この夏はそうだった。

それというのも、若い女だけでなく幅広い年齢層にまで流行りはじめたミニスカートを、暎子も穿《は》くようになったからだ。

しかも夏場で薄着ときている。いやでもミニスカートから覗いた暎子のきれいな脚や色っぽい軀《からだ》の線が眼について、性欲を持て余していた雅人は股間が熱くなるのを抑えることができなかった。

その暎子が、なぜか雅人の部屋を訪ねてくるというのだから、落ち着いていられるはずもなかった。

ただ、一体どんな話があるのか、まったく見当もつかなかった。

気を紛らわせるために、雅人はステレオで好きなビートルズのＬＰを聴いていた。

そのときドキッとした。ドアをノックする音がしたと思い、あわててターンテーブルのアームを上げると、またノックの音がした。

雅人はドキドキしながら入り口にいってドアを開けた。

暎子が立っていた。

「こんにちは」

黄色の半袖のワンピースを着た彼女が、そういってにっこり笑いかけてきた。

「こんちは。狭っ苦しいですけど、どうぞ」

雅人は暎子を招き入れた。

お邪魔します、といって暎子は入ってきた。

松尾家にはまだ一般にあまり普及していないクーラーがあったが、雅人の部屋にそんなものはなかった。あるのは扇風機の風だけで、部屋の中はむっと熱気がこもっていた。

「暑くてすみません。それにちゃんと座るとこもなくて申し訳ないですけど、そのへんどこでも座ってください」

「大丈夫よ。学生さんの部屋ですもの、気にしないで」

恐縮している雅人に、暎子は笑みを浮かべていうと、

「じゃあベッドに座らせてもらっていい？」

と訊く。座れる場所といえば、座卓がわりの電気炬燵のそばとそこぐらいしかないのだ。

どうぞ、と雅人がいうと暎子はベッドに腰かけて、手にしていたビニール袋を座卓の上に置いた。

「近くの酒屋さんで飲み物を買ってきたの。よかったら飲んで」

「あ、ぼくもさっき買ってきたんですよ。でも冷蔵庫なんてないから、もう冷たくないと思うので松尾さんのをいただきます」

ふだん暎子のことを「松尾さん」とか「お母さん」と呼んでいる雅人がそういってビニール袋の中を見ると、コーラやジュースが入っていた。

食器を使わせまいと気を遣ったのだろう。暎子が瓶のままでジュースを飲むと

いうので、雅人はジュースと自分用のコーラの栓を抜いた。

そして暎子にジュースを渡すと、コーラを手に机の椅子に腰かけた。

ふたりはちょうど直角の位置関係に座ることになり、それぞれコーラとジュースを飲むと、暎子が口を開いた。

「綾野くん、この前、カノジョはいないっていってたわよね」

「ええ」

「どうしていないの？」

「え？　それは、モテないからじゃないですかね」

雅人は苦笑いしていった。

「そうかしら。それはちがうと思うわ。綾野くんて、女性にモテるタイプですもの。わたし、原因はほかにあると思うんだけど……」

暎子は思わせぶりにいった。

雅人は戸惑いながら訊いた。

「原因、ですか」

「そう。綾野くんが真面目すぎるからじゃないかしら。綾野くんて、女性の経験は？」

雅人は一瞬、答えるのをためらってから、正直にいった。

「ないです」

「性欲の処理とか、どうしてるの？」

「え⁈……それは、適当に……」

暎子にいいにくいことをストレートに訊かれて、雅人はしどろもどろになった。そんなことを訊く暎子にも驚いた。

「自分で処理してるってこと？」

さらに暎子が訊く。

押しまくられている感じだった。雅人は顔が赤くなるのをおぼえながら、仕方なく答えた。

「ええ、まァ……」

「女性がサービスしてくれるいろいろなお店があるっていうけど、そういうところにいってみようとは思わないの？」

「ええ、あまり……」

「ほら、やっぱり真面目なのよ。でもまさか、セックスに興味もないなんてことはないんでしょ？」

「それは、ええ……」

雅人は正直に答えてコーラを飲んだ。緊張と動揺で喉がカラカラだった。

真面目すぎるという暎子の指摘は当たっていた。高校時代、好きな子ができても、雅人は気持ちを打ち明けることができなかった。同じようなことがいまでもつづいていた。

その一方で、というかそのくせセックスにはおおいに興味があって、知識だけは豊富だった。

――それにしても、松尾さんがどうしてこんな話を……。

雅人が訝《いぶか》ったとき、暎子がいった。

「ね、綾野くん、初体験をしたいと思わない？」

雅人はびっくりすると同時にドキッとした。思いがけないことをいった暎子が、いままでに見たことのない色っぽい笑みを浮かべて、雅人をじっと見ていたからだ。

「相手がわたしじゃいや？」

訊かれて雅人は一瞬、冗談だ、からかわれているんだと思った。

だが、すぐにそうではないとわかった。暎子の顔から笑みが消え、恐ろしく真剣な表情をしていたからだ。

その表情に雅人は気圧されて、

「そんな、いやだなんて……でも本気なんですか」

気負っていって、訊き返した。

「本気に決まってるでしょ。ウソや冗談で、わたしがこんなことをいうと思う？

どうして訊くの？」

暎子の強い口調に、雅人は怒らせてしまったのではないかとあわてていった。

「すみません。信じられなくて……」

「こんなことをいうわたしが？」

雅人はうなずいた。

「そうよね。ふつうじゃないものね。こんなわたし、いや？」

「そんな！」

雅人は思わず高い声になって、

「俺、松尾さんのこと、ずっと好きだったんです」

思いを吐き出した。

「わかってたわ、綾野くんのようすを見てて」

暎子は落ち着いた口調でいうと、ゆっくり立ち上がった。

「じゃあいいのね？」

どこか思い詰めたような表情と真剣な眼差しで雅人を見つめて訊く。

雅人は圧倒されて、うなずき返した。

暎子は両手を背中にまわした。

ワンピースの背中のファスナーを下ろしているらしい。

雅人がドキドキして見ていると、暎子はワンピースの袖から交互に腕を抜いて、ワンピースを脱ぎ落とした。

その瞬間、目の前に現れた暎子の下着姿に雅人は息を呑み、眼を見張った。

暎子は雅人の予想をはるかに超えた、刺戟的な下着をつけていたのだ。

薄紫色のブラジャーとパンティに、白いガーターベルトで太腿の中程までの肌色のストッキングを吊ったスタイルの下着だった。

刺戟的なのは下着だけではなかった。そんな下着をつけている暎子の、見るからに大人の女らしく色っぽく熟れた軀は、童貞の雅人にとって、もっとたまらないほど刺戟的だった。

雅人は一気に頭に血が上って、興奮のあまり軀がふるえていた。

それに息をするのも苦しく、綿パンの前が痛いほど突き上がっていた。

「綾野くんも脱いで」

暎子がいった。

その声がこれ以上なく甘く優しく聞こえて、雅人は立ち上がるとほとんど逆上ぎみになって荒々しくTシャツを脱ぎ捨て、綿パンをずり下げた。

2

「すごい！」

雅人の白いブリーフの前を見て、暎子は驚きの声をあげた。

そして、露骨に突き上がっているブリーフの前を見つめたまま、ブラジャーを外していく。

雅人はまた息を呑んだ。

暎子が隠そうともしない乳房は、乳首がやや上向きに反った形といい、適度なボリュームといい、まるで絵に描いたような美しさだった。

ふたりの眼は、それぞれ乳房とブリーフの盛り上がりに釘付けになっていた。

暎子はそこから眼が離せないようすで雅人の前にひざまずいた。そして雅人を

見上げると、

「見ていい？」

と訊いた。喉にからんだような声だった。

雅人は神妙な表情でうなずいた。

暎子は強張ったような表情で盛り上がりを凝視したまま、両手をブリーフにかけると、ゆっくり下げていった。

雅人が見下ろしていると、

「アッ——！」

肉棒が勢いよく弾んで露出した瞬間、びっくりしたような声を発した。

ブリーフを雅人の太腿の中程まで下ろしたところで、暎子は手を止めていた。

目の前の肉棒に圧倒されて、ブリーフを下ろすのを忘れたかのように。

実際、その表情は、いきり勃っている肉棒に魂まで奪われたかのようだった。

そして、苦しそうに息を弾ませている。

そのようすは、童貞の雅人でも、興奮のためだとわかった。

あとでわかったことだが、このとき暎子は欲求不満を持て余していたのだ。

原因は、夫が糖尿病のせいでほとんど不能状態に陥っていたからだった。

そのため、若い雅人の勢い盛んな、いきり勃ったペニスを見て、異様に興奮したらしい。

暎子は雅人につかまってやっと立ち上がると、両手を彼の首にまわして顔を仰向け、眼をつむった。

暎子と抱き合っている雅人は、興奮のあまり舞い上がっていた。

初めて実感する女体の、えもいえず気持ちのいい感触――それも胸に暎子の乳房が、怒張に彼女の下腹部が密着しているのだ。

そのうえ目の前には、眼をつむってキスを待っている暎子の凄艶な顔がある。

童貞にとって、これ以上ない刺戟的な状況だった。

雅人は恐る恐る暎子の唇に唇を重ねていった。

文字どおりのファーストキスは、柔らかくて甘い感触に天にも昇る気持ちだった。

それも束の間、雅人は戸惑った。

暎子が舌を差し入れてきて、ねっとりとからめてきたのだ。

エロティックな粘膜の感触に、雅人はゾクゾクして、自分からもおずおず暎子に舌をからめていった。

瑛子が甘い鼻声を洩らして腰をうごめかせる。

それだけで雅人は怒張がうずいて暴発しそうになり、あわてて腰を引いた。

「ごめんなさい。大丈夫?」

雅人のようすに気づいたらしく、唇を離した瑛子がやさしく訊いてきた。

「はい。すみません」

雅人は苦笑いして謝った。

「謝らなくていいの。謝らなきゃいけないのは、わたしのほうよ。綾野くん初めてなんですもの、感じやすいのは当然よ。わたしのほうこそ、ごめんなさい」

雅人の下腹部を見ながらそういう瑛子は、興奮しきった表情をしている。

かろうじて暴発をまぬかれた雅人の分身は、はち切れんばかりにいきり勃ってヒクついていた。

「きて……」

瑛子はそういって雅人の手を取ると、ベッドに誘った。

仰向けに寝ると、

「脱がせて」

と、色っぽい裸身をくねらせた。

雅人はカッと頭に血が上った。興奮よりも緊張しまくって、瑛子のパンティに両手をかけた。

そのとき初めて、ガーターベルトをつけたときはその上にパンティを穿くものだと知った。

悩ましくひろがっている腰から、心臓が跳び出しそうなほどドキドキしながらパンティを下ろしていくと、白い肌とは対照的な黒い翳りが見えた。

その瞬間、またカッと頭が熱くなると同時に怒張がヒクついた。

瑛子のすらりとしたきれいな脚から、雅人はそろそろパンティを抜き取った。

すると瑛子は両膝を立てて、訊いてきた。

「綾野くん、女性のアソコを見たことは？」

「ないです」

「見たい？」

「はい」

声がうわずった。

「じゃあ恥ずかしいけど、見せてあげるわ」

そういうと、瑛子はゆっくり膝を開いていって、

「見て」

と、雅人をうながした。どこか息苦しそうな声だった。

雅人は暎子の両脚の間にまわり込み、覗き込んだ。

女の性器を目の前にした瞬間、興奮のあまり頭が真っ白になった。

あからさまになっている秘苑は、陰毛が黒々として濃いめで、ほぼ肉びらを取り巻くような感じで——といってもそのあたりは恥丘のそれに比べて薄いが——生えていた。

肉びらは、やや黒ずんだ赤褐色をしているが、形状はきれいだった。

ただ、全体的に見ると、いやらしい感じだった。

もっともそれはあとになって思ったり感じたりしたことで、そのときの雅人にそんな余裕はなかった。

初めて女性器を前にして、見ているだけで怒張がズキズキうずき、油断すると暴発しそうだった。

「見えるでしょ？」

暎子が訊いてきた。

「はい」

「触ったり、開いたりしてみてもいいのよ」

思わず雅人は暎子の顔を見た。

暎子は雅人を見ていた。

雅人はドギマギしてうつむいた。一瞬眼にした暎子の顔には、圧倒されるほど興奮しきっているような表情が貼りついていた。

雅人は秘苑に視線をもどすと、指先を肉びらに這わせた。

湿り気をおびた唇に似た感触のそれを、そっと押し開いた。

ヒクッと暎子の腰が小さく跳ね、割れ目があらわになった
あらわになったピンク色の粘膜は、ジトッと濡れて光っていた。

「ああッ」

と、暎子がたまらなそうに腰をうねらせて喘いだ。

雅人は眼を見張った。ピンク色の濡れた粘膜が微妙にうごめいているのだ。

「綾野くん、クリトリスって、どこだかわかる?」

暎子がうわずった声で訊く。

「はい。大体ですけど……」

「触ってみて」

大体わかるとはいったものの、小さな蕾《つぼみ》のようなものだと思っていた雅人は、
それが見当たらないので焦った。

ただ、それがあるはずのあたりがふっくらと膨らんでいた。

そこに指を触れると、

「アンッ！」

暎子が驚いたような声を発して腰をヒクつかせた。

その膨らみを、雅人は指先でかるく撫でまわした。

「アアそこッ、そこよ。いいわッ」

暎子が昂った声でいった。

「そこ、そっと押し上げてみて。皮がめくれて、クリトリスが出てくるから」

雅人はいわれるとおりにした。

すると、艶々《つやつや》した肉の芽のようなものが現れた。

「これがクリトリス？」

思わず訊くと、

「そうよ。クンニリングスってわかる？」

暎子が訊き返す。

「はい」

「じゃあしてみて」

雅人は肉の芽に口をつけ、舌で舐めまわした。

「アアそう、そうよッ。アアッ、綾野くん、上手よッ。とても初めてなんて思えないわ。アアいいッ、いいわッ」

暎子は驚き、雅人を褒め、感じてたまらなそうな声をあげる。

その反応に雅人はすっかり気をよくし、自信を得て、夢中になって舌を使った。

それに自身も初めての行為に興奮していた。

すると、暎子がそれまでにない苦しげな反応を見せはじめた。

「アアもうだめッ、綾野くんだめよッ、わたしイッちゃう」

切羽詰まった声でいうと、

「アアンだめッ、だめだめッ、イクッ、イクイクイクーッ」

軀を反り返らせて、泣き声で絶頂を告げながら腰を律動させる。

暎子がイクのを見届けた雅人は、いままで味わったことのない喜びを感じていた。はるか年上の人妻をイカせたという満足感や征服感のようなものが入り混じった喜びだった。

やがて暎子が気《け》だるそうに起き上がった。

「わたしからもフェラチオしてあげていいけど、それだと綾野くん、我慢できなくなるんじゃない？」

雅人の股間で大砲のように突き出している怒張を、欲情に取り憑かれているような表情で見て訊く。

「ええ、そんな感じ……」

雅人が真顔でいうと、

「じゃあきて」

といって暎子はまた仰向けに寝た。

いよいよ初体験だと思うと、さすがに雅人は興奮以上に緊張した。

ほとんど冷静さを失った状態で暎子の股間ににじり寄ると、怒張を手に割れ目にあてがって突きたてた。

すぐに穴に入れられるものと思っていたが、その穴がない！

雅人は焦った。

「もう少し下……あわてなくていいのよ、落ち着いてゆっくり……」

暎子がそういって腰を心持ち上げた。

すると、ツルッと亀頭がぬかるみに滑り込んだ。

そのまま、雅人は暎子の中に押し入った。

「アアッ――！」

暎子が昂った声を放ってのけぞった。

その悩ましい表情を見て興奮が弾け、雅人はすぐに腰を律動させた。

暎子が泣くような声をあげる。それが雅人の興奮を煽った。

それ以上に、膣の中でピストン運動しているペニスに感じる、腰のあたりがとろけるような快感がたまらない。

たちまちそれをこらえきれなくなって、雅人はいった。

「だめッ、出るッ！」

「出してッ。いいのよ、思いきり出してッ」

暎子が息を弾ませながらいった。

雅人は暎子を闇雲に突きたてた。

怒張に押し寄せている甘いうずきが、意識が遠退《とおの》くような快感と一緒に迸った。

勢いよくたてつづけに――。

3

……そのしびれるような快感を感じた瞬間、綾野雅人は眠りから醒めた。

夢を見ていたのだ。それも五十年以上も昔に初体験したときの夢を――。

目覚める直前の射精の快感は生々しかったが、綾野は夢精もしなかったし、夢の中であれほど逞しく勃起していたペニスも、朝勃ちするどころか通常のままだった。

当然だった。綾野はもう七十三歳になるのだ。

それにしても――と、まだ夢の余韻が残っている頭で、綾野は考えた。

――これも歳のせいかもしれないが、このところ昔のことをやたらに思い出したり、夢に見たりするようになった。

それもほとんど、これまでに関係があった女のことばかりだ。

しかもいいことばかりではなかった。女からひどいめにあったり、反対に自分が結果として女にひどいことをしたことになったりなど、悪夢や良心の呵責《かしゃく》に苦しめられるようなものもあった。

いやなことを思い出したり夢に見たりしたとき綾野は、自業自得だろうと自嘲ぎみに思った。

裏を返せば、これまでにそれだけ女といろいろあったということだった。

そんな経験の中でも、この日夢に見た松尾暎子とのことだけは、半世紀も昔のことなのに細部にわたってよく覚えている。

なぜそうなのか、綾野自身わかっていた。

初体験の相手だったというだけでなく、暎子との経験がその後の綾野の性的な嗜好やセックスそのものに多大な影響を及ぼしているからだった。

……初体験したときの暎子との行為は、一度だけではなかった。

正常位でしたあとも若い雅人のペニスはしびれたようになったまま萎えることなく、すぐまた勃起して、それに暎子は驚き、喜んで、こんどは彼女が上になって騎乗位で行為した。

そのときも、ガーターベルトとストッキングはつけたままだった。

当時はガーターとパンストが混在しているときで、いまに至るまで綾野がパンストよりもガーターベルトが好きなのは、このときの体験が影響しているといっていい。

騎乗位で行為したときの、色っぽくきれいに熟れた暎子の軀も、その悩ましい腰が煽情的に律動したりくねったりする動きも、そしてこの世のものとは思えないほどの——実際そのときはそう思った——気持ちのいい蜜壺で怒張をこすりたてられたりこねくりまわされたりした快感も、綾野はまるで昨日のことのように覚えている。

しかも暎子との初めての行為は、それだけではなかった。

雅人が二度射精したあと、アパートの部屋には浴室などなかったので、暎子はお湯を沸かすとそれに浸したタオルでペニスをきれいに拭いてくれた。

そして、その間もまだ勃ったままのそれに舌をからめてきて舐めまわすと、咥えて顔を振ってしごいた。

雅人にとって、初めて経験するフェラチオだった。

そのときの感想はといえば、知識はあったものの、想像をはるかに超える、軀がふるえるほどの快感に襲われて、こんなに気持ちのいいことだったのかと感激したものだ。

当然、若いペニスはまたしてもいきり勃って、暎子の蜜壺に突き入った。

といっても行為はまだ暎子のリードによるそれだった。

ただ、三度目ともなると、雅人は我慢がきいた。暎子に誘導されていろいろ体位を変えながら、ふたりとも汗まみれになって延々行為し、快感を貪り合った。

さらに、その日を境に暎子はたびたび雅人のアパートにくるようになった。

人妻だから泊まっていくことはできないし、アパートにくる時間帯も限られていた。

そのため、ふたりの行為は決まって、まさに〝昼下がりの情事〟になった。

もっとも、それだけではなかった。雅人が暎子の息子の勉強を見たあと、息子が遊びに出ていくと、ふたりは松尾家でもセックスにおよんだ。

それも応接間だけでなく、客間や洗面所でしたこともあった。

洗面所では、行為を鏡に映してした。そうすることで、暎子は異様に興奮したものだった。

暎子は雅人と自宅で情事にふけるときは、当然といえば当然だが、いつも家政婦に用事をいいつけて外出させていた。

初めて女を知った綾野は、そんな暎子を見ていて、いろいろ思ったり考えさせられたりしたものだった。

なかでも一番は、女というのは摩訶不思議な、得体の知れないものだ、ということだった。

その前に、関係ができる前の暎子とできてからの暎子は、まるで別人のように見えた。

関係ができる前の暎子はというと、色っぽいが淑《しと》やかな奥さんという印象だった。とても夫以外の男を、ましてや息子の家庭教師を誘惑するようなタイプには見えなかった。

暎子から夫が糖尿病で不能にちかい状態にあることを聞いたのは、二度目だったか、雅人のアパートでセックスしたあとのベッドの中でだった。

そのときでさえ雅人は、それで暎子が欲求不満を抱えていたとしても、それまでの印象からしてそのために浮気をするような女とは思えなかった。

それでいて、関係ができてからみるみる変わってきた暎子に、雅人は圧倒されていった。

暎子はまさに別人だった。セックスに取り憑かれたようだった。

そんな暎子に圧倒されながらも、若い雅人は人妻の熟れた軀と濃厚なセックスに魅せられて引き込まれ、溺れていった。

いつか暎子が夫とのセックスについて話したことがあった。

それによると、勃起不全のためペニスの挿入はないが、口と指でさんざん攻めたてられる、それがいやでたまらないということだった。

暎子にしてみれば、思いあまって打ち明けたのかもしれないが、それを聞いて雅人は嫉妬をかきたてられた。

もっとも、いまの綾野からすると、それは思いあまってのことではなく、雅人を嫉妬させるための暎子の計算に思えるのだが……。

ともあれ、そんなこんなで、若い雅人はますます暎子との情事にのめり込んでいったのだった。

4

「見たいな」

食事が終わってウエイトレスが食器を片づけるのを待って、綾野はいった。

テーブルを挟んで向き合っている吉川菜美恵《よしかわなみえ》が、『え?!』というような顔をしてワイングラスを持ち上げようとしていた手を止め、綾野を見た。

だがすぐ、『いやァね』というような笑みを浮かべて綾野をかるく睨んだ。

前にも同じようなことがあったので、すぐに綾野の意図を察したらしい。

夕食時なので、レストランには八割方客が入っていた。ただ、幸い菜美恵が座っている席は、ほかの客からは死角になっていた。

綾野もそれがわかっていて、「見たい」といったのだ。

今朝方、生々しい夢で目覚めたせいで、綾野はいつもよりも享楽を求めたい気持ちになっていた。

そんな綾野を見たまま、菜美恵は両手を軀の脇に下ろした。

菜美恵の眼つきは、最初の抗議するようなそれではない。艶めいた感じに変わってきている。

綾野はテーブル越しに心持ち身を乗り出した。濃紺のタイトスカートを穿いている菜美恵の腰から膝が見えた。

菜美恵が両手をスカートの裾にかけて、ゆっくり引き上げていく。

薄いベージュのストッキングに包まれた膝から腿が露出するにつれて、綾野が好むスタイルの下着が覗いた。

セパレーツのストッキングを吊っている赤いガーターベルト。ストッキングの切れ目から覗いている内腿の奥に赤いショーツの膨らみが見えている。

綾野は菜美恵の顔を見た。

菜美恵も綾野を見ていた。その眼に薄い膜がかかったようになっている。興奮が高まってきたときの眼だった。

菜美恵と視線を合わせたまま、綾野はいった。

「いいね。膝を開いて」

綾野を見ている菜美恵の眼に、挑むような光が浮かび、菜美恵がゆっくり膝を開いていく。

赤いショーツが食い込んだ股間があらわになった。ショーツはTバックのはずだった。

綾野はさらにいった。

「ショーツをずらして、両手で花びらを開いて見せてごらん」

「いや」

菜美恵は小声でいって、視線を綾野からそらした。その眼にも顔にも、はっきりと昂りの色が現れている。

そのまま、仕事柄マニキュアをすることができない、きれいな指をショーツの股の部分にかけて、横にずらしていく。

綾野の欲情をそそる、淫猥な感じの秘苑が現れた。

濃いめの陰毛が性器の上半分を取り巻いていて、赤褐色の肉びらが肉厚な唇を想わせる。

その肉びらをそっと、菜美恵の両手の指先が開き、鮭色の粘膜があらわになった。

粘膜は早くも濡れ光っている。そればかりか、綾野の視線を感じてだろう。微妙に生々しくうごめいている。

「だめ」

菜美恵がふるえをおびたような小声を洩らすなり膝を閉じた。両手で下腹部を押さえ込み、わずかに前屈みになってうつむくと、肩先をふるわせた。

「イッたのか」

綾野が訊くと、菜美恵はゆっくり顔を起こした。笑いかけた綾野を、凄艶な表情で睨み、

「しらないッ」

すねたようにいうと、ふっと笑った。

帰宅してリビングルームに入ると、綾野は菜美恵を抱き寄せた。

菜美恵は甘ったるい喘ぎ声を洩らして綾野を見返した。レストランで達した余韻が尾を引いているらしく、熱っぽく視線をからめてくる。

菜美恵は典型的な美人のタイプではないが、よくいうところの男好きのする範《はん》疇《ちゅう》に入るだろう顔立ちをしている。

その色っぽい眼つきに誘われて、綾野はキスにいった。

菜美恵もそれを待っていたように受け止め、綾野がしかけていくディープキスに応じた。

すぐにたがいに貪り合うような濃厚なキスになった。

舌をからめ合いながら、綾野は菜美恵のヒップを両手にとらえ、重たげに張った尻肉をタイトスカート越しに撫でまわした。

菜美恵がせつなげな鼻声を洩らし、ねっとり舌をからめてくる。

同時に腰をくねせて、下腹部を綾野の股間にこすりつけている。

ここまでの菜美恵の一連の反応を見ると、男やセックスについてそれなりの経験を積んできた女のそれを感じさせるけれど、半年ほど前に綾野が初めて関係を持ったときの菜美恵は、いまの彼女とはまるで別人といってもいいほどちがっていた。

どうちがっていたかというと、妙に固い感じとぎこちなさがあった。といっても、セックスを前にしたときとそのさなか以外では、つまりふだんはそんなことはなかった。しかも綾野と初めてのときだけでなく、そういうことがしばらくの間つづいたのだ。

これには、綾野も面食らった。

菜美恵は三十四歳で、総合病院で看護師をしている。独身だが離婚歴がある。そんな経歴を持った女が、セックスのさなかにまで妙な固さやぎこちなさを見せることがどうにも解《げ》せなかった。

ふたりの出会いは、綾野が菜美恵の勤める病院の人間ドックに入ったときだった。

綾野は菜美恵に一目惚れして、彼女をデートに誘った。

七十三歳の綾野は、七年ほど前に妻を亡くし、その後、取締役として勤めていた広告会社を退職して、いまは無職の独り暮らしだ。

世間は彼のような者を〝独居老人〟などと哀れみをこめた呼び方をするが、綾野にかぎってそれはまったく当てはまらない。

本人はまだまだいたって意気軒昂《いきけんこう》、自由気ままな生活を楽しんでいる。わけても女への関心は、若い頃からのまま衰え知らずで、こればかりは死ぬまで治らない宿痾《しゅくあ》のようなものだろうと、綾野自身、自嘲まじりに思っている。

ただ、さすがにこの歳になると、女を口説くにしても、この女をなんとしてもモノにしてやろうというような欲をかくことはしなくなった。

欲をかいたところで大抵、きびしい現実を思い知らされるハメになることがわかっているからだった。

だから、無欲で口説く。それも結果を気にせず、口説くこと自体を楽しむ。

するとたまさか、好結果を生むことがある。

菜美恵の場合がまさにそれだった。

綾野が一目惚れしたことを打ち明けてデートを申し込むと、菜美恵は啞然とした表情をしていたが、

「菜美恵さんはまだ若い。七十すぎのジイさんと付き合ってみるのも、この先の人生にとってムダにはならないと思うよ」

綾野が笑いかけてそういうと、彼女もふっと笑ったのだ。それもおもしろがっているふうに。

そんな菜美恵だっただけに、初めて関係を持ったときの、それにそのあともつづいた意外な反応に、綾野はよけいに面食らったのだった。

当然、なんらかの原因なり理由なりがあるにちがいないと思った。

実際、それはあった。

二度目に寝たあとのベッドの中で、綾野が菜美恵から訊き出したことだが、彼女は男が信じられなくなっていたらしい。それもかなり深刻に。

その原因は、元夫だったようだ。

菜美恵は恋愛中から元夫を熱愛していた。彼もそうだと信じて疑わなかった。それだけ彼も菜美恵にやさしく誠実だった。だからプロポーズされたとき、菜美恵は有頂天で受け入れた。

ところがその彼が、結婚して三年も経たないうちに豹変《ひょうへん》したのだ。浮気や暴言や暴力、身勝手な振る舞いやセックス……夫の豹変によって菜美恵はつらい経験をさせられた。

結果、離婚はしたものの、それではすまなかった。男性不信というトラウマを抱える羽目になってしまった――というのだった。

それなのにどうして綾野のデートの誘いに応じて、そのうえ関係まで持ってしまったのか。

当然気になるそのことも綾野は訊いた。

すると菜美恵はいった。

「綾野さんのデートの誘い方もよかったけど、ホテルに誘ったときの言い方がもっとよかったの。なんていうか、ガツガツしてない、綾野さんの正直な気持ちが伝わってきて、それでわたし、安心できたの」

綾野がホテルに誘ったときの文句は、こうだった。

「ぼくはもう男として菜美恵さんを充分歓ばせることはできない。ただ、ぼくとしては菜美恵さんと抱き合っているだけでもいいんだ。それでもよかったら、ぼくと寝てくれないか」

別段、シャレた誘い文句ではなく、それどころか情けない話だが、逆にそれが男性不信に陥っていた菜美恵にとってはよかったのだ。

要するに菜美恵にとって綾野は人畜無害ということで、そのおかげで綾野としては四十歳も年下の彼女を抱くことができたのだった。

しかも抱き合っているだけではなかった。ちゃんと結ばれたのだ。

綾野のペニスはまだ勃起するにはするが、女を歓ばせるに充分なほどの力強さはない。

勃起力の衰えを実感するようになってからの綾野は当初、舌と指で充分カバーできると考えて、実際そうしていた。

ところがそのうちそうもいっていられなくなり、ここにきてED治療薬を使用するようになっていた。

菜美恵と初めて寝たとき、彼女は綾野のペニスがもう勃たないものと思っていたのだろう、勃起しているモノを見て驚いた。

そこで綾野は、薬のことを打ち明けた。看護師の彼女のことだからすぐに察するだろう、その前に正直に話したほうが潔いと考えたのだ。

男と女の関係になってからのふたりは、菜美恵の仕事の休みに合わせ、休みの前日に待ち合わせて外で夕食をすませると、綾野の自宅か菜美恵の部屋かどちらかにいくようになった。

それでも菜美恵の妙な固さやぎこちなさはすぐには解消しなかった。それほどトラウマが心だけでなく軀にも強く深く染みついているようだった。

ただ、綾野とのセックスを重ねるうちに徐々に変わってきた。

それも変わりはじめると、菜美恵自身にもともと資質があって、まるでそれがめざめたかのように、すすんでセックスを楽しもうとするようになり、快感にも貪欲になってきたのだ。

さきほどのレストランでの露出行為は、そういうセックスの中から綾野が思いついたプレイの一つで、そんなプレイにも菜美恵は刺戟を受けて興奮するまでになってきている。

これは綾野にとってもおおいに喜ばしいことだった。

なぜなら綾野自身、セックスするたびに菜美恵がそうなるよう仕向けてきて、それが報われたからだが、くわえてセックスを積極的に楽しもうとする女が彼の理想だからだった。

初体験の相手の、あの暎子のような女が——。

濃厚なキスをつづけながら、綾野は両手で菜美恵のタイトスカートを腰の上まで引き上げた。

両手をヒップにまわすと案の定、ショーツはTバックだった。

むき出しの、むちっとしてすべすべしている尻肉を両手で揉みたてた。

「ああん、そんなことしたら、もう我慢できなくなっちゃう……」

唇を離した菜美恵が、身をくねらせて甘ったるい声でいう。

「なにを？」

綾野は訊いた。

「うん。いやらしいこといわせたいんでしょ？」

「菜美恵もいいたいんだろ？」

「そう」

色っぽく笑っていう。

「いってごらん」

菜美恵は綾野の耳元に口を寄せると、

「お・ま・ん・こ、したくなっちゃう」

思い入れたっぷりの声で囁いた。

綾野は菜美恵の顔を見た。

男好きのする顔に欲情の色が浮きたって、ゾクゾクするほど妖しい表情をしている。

「いやらしい女だ」

綾野が笑いかけていうと、

「だれかさんのせいよ」

菜美恵は艶かしい眼つきで綾野を見返して、彼のズボンの前に手を這わせてきた。

薬の効き目を考えて、食事のときもノンアルコールのドリンクで我慢していた綾野の分身は、その甲斐あって強張ってきていた。

「それよりずっと気になっていたんだけど、綾野さんてガーターベルトにこだわってるみたいでしょ。なにか特別な理由とかあるの？」

菜美恵がズボン越しに強張りを撫でながら、唐突に訊いてきた。

「こだわりか……」

綾野は苦笑いしていうとソファに座り、タイトスカートが腰の上まで上がって煽情的なスタイルの下着をつけた下半身を露出している菜美恵を、向き合って膝をまたがせた格好で座らせた。

ついでジャケットを脱がせ、菜美恵の上着も取ると、彼女のブラウスのボタンを外していきながら、今朝方夢に見た暎子のことを話した。

菜美恵は綾野の初体験の話を興味津々の表情で聞いていたが、

「へえ〜、綾野さんも、そんなウブなときがあったのね」

と、揶揄するような笑みを浮かべていった。

「だれだってウブなときはあるさ。それにとくに男は、女によって作られるんだ」

いうなり綾野は両手で赤いブラをずり下げた。

菜美恵の喘ぎ声と一緒に、みずみずしい乳房が弾むようにしてこぼれ出た。

「綾野さんも、その暎子さんに作られたっていうか、彼女から影響を受けたわけね。それで、ガーターベルトが好きになったとか」

綾野の両手で乳房を揉まれて、菜美恵が悩ましい表情を浮かべてうわずった声でいう。感じやすい軀はそれだけで快感が下半身にまで及んでいるらしく、腰をもじつかせている。

「影響を受けたといえば、好きな女のタイプもそうだな。彼女のセックスへののめり込み方は尋常ではなかったからね。でもそれがまったくいやな感じじゃなくて、それどころか神々しい感じさえしたものだ。最初にそんな女と出会ったから、たぶんそういうタイプの女を求めるんだろうな」

「だからなのね。セックスしてるとき、綾野さんがわたしに『いやらしくなれ』って何度もいってたの。でもわたし、その暎子さんみたいになれそうもないわ」

「そんなことはないさ。だんだん似てきてるよ」

「なんだか褒められてるみたいだから、お返しにいいことしてあげる」

菜美恵は艶かしい笑みを浮かべていうと綾野の膝から下り、ひざまずいた。

綾野のズボンのチャックを下ろし、パンツの中から強張りを取り出すと、亀頭に口をつけて舌をからめてきた。

綾野の仕込みの甲斐あって、菜美恵のフェラチオはテクニックも巧みだが、すこぶるいやらしく煽情的だ。

するに任せて綾野がその快感を味わっていると、菜美恵が怒張から口を離して綾野を見上げた。

「それで、暎子さんとはどうなったの？」

――情痴にふけっていた綾野と暎子の関係は、じつは思いがけない形で終止符が打たれたのだ。

ふたりが関係を持って三カ月あまり経ったその年の暮れだった。

暎子の夫の会社と工場が入っているビルが、火災によって全焼したのだ。

その直後に綾野が松尾家で会った暎子の話では、放火の可能性もあるということだったが、火災で松尾家の生活は一変し、それっきり暎子と逢うこともままならなくなり、ふたりの関係も終わったのだった。

「そんなことがあったの。暎子さんお気の毒だけど、でも綾野さんとのこと、ずっといい思い出になってたんじゃないかしら」

綾野の話を聞きながらフェラチオしていた菜美恵が、また彼の膝にまたがってきながらいった。

「どうかな。生きていても、彼女はもう九十ちかいはずだし、俺とのことは忘れているかもしれない……」

「ううん、生きてたらきっと覚えてるわ」

そういって菜美恵は怒張を手にすると、一方の手でショーツを横にずらし、亀頭を割れ目にこすりつけて、ヌルッと蜜壺に収めた。

「アアッ！」

のけぞって悩ましい表情を浮かべて喘いだ菜美恵の顔が、その瞬間、綾野にはセックスのさなかの暎子の顔と重なって見えた。

あぶない熟れ肌

1

新興住宅街はひっそりと静まりかえっていた。時刻は午前十時をまわったところだった。

庭で洗濯物を干している志村美沙緒《しむらみさお》を、電柱の陰から見ながら、玉井《たまい》は首をひねった。

――女ってやつは、不思議だ。亭主が死んで、しかもあんな死に方をして相当ショックだったはずなのに、ますます色っぽくなってる。それも男ができたというならわかるけど、それもない。それなのにあの色っぽさはどういうことなんだ……。

志村美沙緒はロングヘアを小振りなスカーフのようなもので後ろで束ね、襟ぐりが大きく開いた花柄のオーバーブラウスを着て、いつもスカートは膝丈なのにこの日はめずらしく、紺色のミニのタイトスカートを穿いている。

美沙緒の顔立ちは華やいだ感じではなく、目許《めもと》が腫れぼったいせいか、どちらかといえば地味なほうだ。

ただ、そんな目許の、やや切れ長の眼が、玉井にはゾクッとするほど色っぽく感じられる。

軀つきは中肉中背で均整が取れ、悩ましい線をしている。バストがくっきりと盛り上がり、ヒップにはいかにも熟女といった量感があり、それにウエストがくびれて脚もきれいだからだ。

もっとも美沙緒自身は、玉井が初めて会ったときからそれほど変わっていないのかもしれない。

それを玉井がますます色っぽくなってきたと感じるのは、美沙緒に次第に惹かれていっているせいでもあった。

この一年あまり、玉井は志村美沙緒を見つづけてきた。

最初の数カ月は、刑事の仕事としての張り込みや尾行だったが、その後は美沙緒のようすが気になって仕方なくなってのことだった。

一年あまり前、美沙緒の夫で大手都市銀行に勤める志村光夫《みつお》は、部下の独身女子行員と心中事件を起こした。以前から不倫の関係にあったふたりが、ホテルの一室で服毒自殺したのだ。

ところが遺書らしきものや、直前のふたりにそれらしいようすもなかったため、警察は当初、心中と他殺の両面から捜査を開始した。

そこで真っ先に疑われたのは、志村の妻の美沙緒だった。

美沙緒にはふたりを殺害する動機があった。不倫のほかに、夫の志村に一億円の保険金がかけられていたからだ。

美沙緒の事情聴取には、ベテラン刑事の西田《にしだ》と一緒に、二十六歳で独身の、刑事としてはまだ駆け出しの玉井があたった。

しかし、美沙緒は夫に愛人がいたことは知らなかったと言い張った。

それに美沙緒にはアリバイがあった。

夫と愛人が死亡した時刻――午後八時から九時の間と推定されたが、その時間帯には子供の幼稚園の〝ママ友〟が自宅にきていたといい、瀬川律子《せがわりつこ》というその母親もそう証言したのだ。

さらに保険金については、子煩悩だった夫みずから自分に万一のことがあった場合を考えて、子供を受取人にして加入したもので、まだ幼い子供のことを思えば、保険金の額は不当なものではないはずだと主張した。

事情聴取の際、美沙緒は終始冷静だった。夫に愛人がいたことは知っていたのだろうと問い詰められても、感情的になることもなく否定した。

そんな美沙緒を見ていて、玉井はシロではないかと思った。だがベテランの西田の見方はちがっていた。

「あの女、落ち着きすぎているところがどうも気に食わんな。アリバイはあるにはあるが、亭主に愛人がいたのを知らなかったというのが腑に落ちん。かりに心中だとしても、亭主と愛人の仲がそこまで煮詰まってれば、女房ならよけいに女の直感で気づくはずじゃないか。もし知っていて知らなかったとシラを切ってるとしたら、アリバイだけでシロと決めつけるわけにはいかんぞ」

西田の見方どおり、警察は美沙緒を灰色と見てマークすることになった。

だが美沙緒自身からも、その周辺からも、容疑につながるような調査結果は得られなかった。

そのうち、美沙緒はシロではないかという空気が警察内部に流れはじめ、捜査態勢も縮小されることになった。

玉井はホッとした。張り込みや尾行をしたり、なんどか会ってようすをうかがったりしているうちに、あってはならないことだが、そして玉井自身そのことは充分承知していながら、美沙緒に対して恋心が芽生えてきていたからだった。

さらに事態は玉井にとって嬉しい展開となった。

心中事件の担当が、コンビを組んでいる西田と玉井の二人だけになり、おまけに西田のほうはほかの事件捜査にも関わっていたため、美沙緒のマークはほとんど玉井一人にまかされることになったのだ。

美沙緒は三十二歳。年上の未亡人に恋してしまった玉井にとって、それはもう仕事ではなかった。

張り込みとは名ばかりで、美沙緒を見ているだけで胸がときめき、心の恋人をこっそりと見ていられる愉しい時間だった。

いまも玉井の胸はときめいていた。

そればかりか、洗濯物を干している美沙緒が額のほつれ毛を直したり、まぶしげに秋の空を見上げたりするのを眼にしているうちに、セックスの最中の悩ましい表情を連想してしまい、そうなると胸の膨らみや腰の張りがよけいに生々しく感じられて、いつのまにかズボンの中の分身が充血してきていた。

もっとも、こんなことはいまにはじまったことではなかった。年上の色っぽい未亡人への思いが募るにつれて、いつしか玉井は美沙緒を見ながら性的な妄想にかられるようになっていたのだ。

玉井には恋人はいない。それどころかいままで女にモテた例《ためし》がなく、女の経験といえば風俗嬢としかない。

しかも生真面目な性格のため、警察官になってからは風俗店にいくことができず、もっぱら手淫に頼っている有り様だった。

それだけに美沙緒によってかきたてられる性的な妄想は膨らむ一方だった。

——あの奥さん、ずっと男とやってなくて平気なのかなァ。あれだけ熟れた軀をしてれば、軀がうずいて我慢できないんじゃないか。俺みたいにオナニーしてるんだったら、俺に欲求不満を解消させてくれればいいのに……。

まるで好餌《こうじ》を前にして涎を垂らしている狼さながらに、美沙緒の熟れた軀を舐めまわすように見ながら調子のいいことを思った瞬間、玉井はあわてて顔を引っ込めようとした。が、間に合わなかった。ネットフェンスから身を乗り出した美沙緒に見つかってしまったのだ。

玉井は激しくうろたえた。美沙緒がニッコリと笑いかけてきて、どうぞ、というような仕種《しぐさ》をしたからだ。

一瞬、どうしたものか玉井は迷った。といって見つかった以上、黙って立ち去るのもおかしい。ぎこちない笑いを浮かべて美沙緒の自宅に向かった。

「そんなところに立っていられると、迷惑だわ。中に入って」

美沙緒がいった。が、表情も口調も憤慨しているようすではなかった。顔にもさきほどの笑みが残っていた。

2

「警察はまだわたしのことを疑ってるみたいね」

「あ、いえ、そういうわけじゃないんですけど……」

リビングルームのソファに畏《かしこ》まって座っている玉井は、ドギマギしていった。うんざりした様子でテーブルの上にお茶を置く美沙緒のブラウスの胸元から、白い乳房の膨らみが覗き見えたからだ。

「だってそうでしょ。いまもわたしを見張ってたじゃないの。ううん今日だけじゃないわ。ずっとわたしを監視してるじゃないの」

玉井と向き合って椅子に座った美沙緒が、さきほど玉井に声をかけたときと同じような表情と口調でいった。

尾行や張り込みに気づいていたらしい。

「それは……いまのところ、まだ捜査が終わってないんで、それで一応、仕事ですから」

ミニのタイトスカートから太腿の中程まで露出したナマ脚に、玉井は眼の遣り場に困り、しどろもどろになった。

「刑事さん、確か玉井さんとおっしゃったわね」

美沙緒はロングヘアを束ねているスカーフを取り、艶のある黒髪をさらりと肩に流した。

「はい」

「玉井さんも、わたしのこと疑ってるの？」

「ぼくは……」

手で髪を整えながら色っぽい眼つきで見つめられて、玉井は口ごもり、うつむいた。答えようがない。

「なに？　いってみて」

美沙緒が甘い声でうながす。

視線を上げかけて玉井はドキッとした。正面に座った美沙緒は膝をわずかに開いていて、スカートの奥にふっくらと盛り上がったピンク色のショーツが見えているのだ。

「ぼくは、疑うっていうよりか、奥さんのことが、気になって、それで……」

見ているだけでムウッと成熟した女の匂いが迫ってくるようなピンク色の膨らみに眼を奪われたまま、玉井は苦し紛れにいった。

「気になるって、どういうこと？」

「すみません。奥さんを見てて、好きになったんです」

美沙緒のやさしく撫でるような声に誘われて、玉井は思いきって気持ちを打ち明けた。カッと顔が火照った。

「玉井さん──というか、わたしより年下だから玉井くんて呼ぶわね」

美沙緒は刑事の思いがけない告白に驚いたらしく、一瞬眼を見開いたが、一呼吸おくと、妙に落ち着いた口調でいった。

「玉井くん、わたしみたいなオバサンじゃなくて、ほかに好きな女性っていないの？」

「ええ。恥ずかしい話、全然モテませんから。でも奥さんはオバサンなんかじゃないですよ」

いつまでもうつむいているのもおかしいと思い、玉井は顔を上げていった。

「もうオバサンよ」

美沙緒は自嘲するような笑みを浮かべて立ち上がると、なにを思ったか、玉井の横にきて腰を下ろした。

「でも玉井くんてまだ若いから、それだと困るでしょ。性欲の処理はどうしてるの？　刑事でも、処理してくれるお店とかいくの？」

いきなり性欲の処理などという生々しい言葉を使ってストレートに訊いてくる美沙緒に、玉井は戸惑わされながらも正直にいった。

「前はいってましたけど、警察官になってからはやっぱり……」

「自分で処理してるの？」

玉井は顔を赤らめてうなずいた。

「そう。じゃあわたしと同じだわ」

「え!?　奥さんも？」

玉井は驚いて訊いた。思わず声が大きくなった。

「そう。わたしも、夫に死なれてからは玉井くんと一緒なの」

玉井はドギマギした。美沙緒が耳元で甘ったるい声で囁くようにいうと、もたれかかって太腿に手を這わせてきたのだ。

ドギマギしたのは一瞬のことで、玉井の心臓は激しく高鳴った。

「あら、玉井くんの、もうこんなに！」

美沙緒が驚いた声でいって、玉井のズボン越しに股間を撫でる。

玉井の分身は早くもズボンを突き上げていた。

「奥さん――！」

うわずった声でいうなり玉井は美沙緒に抱きついた。

「あ、待って。ここじゃだめ」

美沙緒はあわてて玉井を制した。

「それにわたし、もう奥さんじゃないわ。美沙緒って呼んで」

妖しい笑みを浮かべてそういって立ち上がると、玉井の手を取った。

その笑みを見て瞬時に魂まで奪われてしまった玉井は、操られるように立ち上がった。

美沙緒は玉井をリビングルームからつづく和室に連れていき、仕切りの襖《ふすま》を閉めた。

和室は客間として使っているらしい。美沙緒は押入れから布団を出して敷き延べた。

それを突っ立ったまま見ている玉井は、思いがけない成り行きに舞い上がってしまっていた。まるで白昼夢でも見ているようだった。

「玉井くんも脱いで」

いいながらブラウスを脱ぐ美沙緒を見て、玉井も手早くスーツを脱いでいく。自分が刑事であることも、相手が容疑は薄いにしても被疑者であることも、玉井の頭からは消し飛んでいた。

「全部取って」

ボクサーパンツだけになった玉井に、美沙緒がいった。

美沙緒も下着姿になり、両手を背中にまわしてブラを外そうとしている。

ピンク色のブラとハイレグのショーツが刺戟的な未亡人の裸身を、息を呑んで見ながら、玉井は前が露骨に突き出しているパンツを脱ぎ捨てた。

「すごいッ」

美沙緒は興奮した感じの声をあげた。

腹を叩かんばかりにエレクトして反り返っているペニスを、眼を輝かせて凝視している。

玉井はショーツだけになっている美沙緒の裸身に眼を奪われた。

女の経験が数えるほどしかない玉井の相手は、みんな若い風俗嬢だった。

美沙緒の裸身には、そんな若い女たちにはない、見ているだけで息が詰まるような色っぽさがあった。とくにくびれたウエストから優美な線を描いてひろがっている腰の悩ましさといったらない。

それに美沙緒が隠そうともせず、玉井の前にあらわになっているバストは、幼稚園に通う子供がいるとは思えないほどみずみずしく張って、きれいな形に盛り上がっている。

「恥ずかしいわ、そんなに見ないで」

美沙緒が笑いを含んだような声でいって、玉井の首に両腕をまわしてきた。

だが玉井を見上げた顔に笑みはなく、切れ長の眼が鈍い光をたたえている。

玉井は、胸に押しつけられている乳房の感触に欲情をかきたてられて、美沙緒を抱きしめた。

美沙緒は小さく喘いでのけぞり、眼をつむった。

薄いピンク色のルージュを引いた蠱惑的《こわくてき》な唇が、玉井を誘っていた。

玉井は唇を重ねた。甘い感触に興奮を煽られてすぐに舌を差し入れ、美沙緒の舌にからめていった。

美沙緒も舌をからめてきた。興奮が抑えきれない玉井をコントロールするように、ねっとりと巧みに舌をからめながら、それでいて玉井を挑発するように、せつなげな鼻声を洩らして下腹部を怒張にこすりつけてくる。

さらに美沙緒の手が玉井の股間に這ってきた。パンツ越しに怒張をくすぐるように撫でまわす。

玉井のほうがキスをつづけていられなくなり、唇を離して腰を引いた。

「だいぶ溜まってるみたいね」

美沙緒は艶めかしい笑みを浮かべていうと、玉井を布団の上に誘って仰向けに寝た。

「玉井くんの好きにして」

恥ずかしそうに顔をそむけていう。

ふつうはいいにくいことをストレートに口にして自分から誘惑したり挑発したりするかと思えば、そんな羞《は》じらいを見せる。一体どっちが本当の美沙緒なのか、玉井は面食らった。

だがそんな暇はなかった。すぐに目の前の色っぽい裸身に覆いかぶさっていくと、乳房にしゃぶりついた。

両手で乳房を揉むと同時に乳首を舐めまわす玉井に、美沙緒はきれぎれに喘いでのけぞり、腰をくねらせる。下腹部に密着している怒張の感触がたまらなそうな腰つきだ。

玉井は早く若い未亡人のショーツの中が見たくなり、美沙緒の下半身に移動した。

はやる気持ちを抑えて両手をショーツにかけると、ゾクゾクしながら下ろしていった。

途中、美沙緒が自分から腰を浮かせて脱がせやすくしてくれた。

玉井がショーツを抜き取ると、美沙緒は片方の膝を内側に曲げて下腹部を隠した。

好きにして、といわれているのだ。玉井は躊躇なく美沙緒の両脚を押し開き、腰を入れた。

「アアッ」

美沙緒は腰をうねらせて喘いだ。

股間を隠そうとはせず、両手は軀の両脇に下ろしてシーツをつかみ、顔をそむけている。そして、興奮と恥ずかしさが入り混じってか、戸惑っているように見える表情を浮かべている。

3

玉井の前に、三十二歳の未亡人の秘苑があからさまになっていた。

こんもりと盛り上がった丘に、ほぼ逆三角形の形に生えたヘアは、それほど濃くはないが、やや毛脚《けあし》が長い。それがショーツに押さえ込まれて寝癖がついたように、上向きになぎ倒されている。

その下に、美沙緒のやや厚い唇に似た——といってもこちらはくすんだ茶褐色の肉びらが合わさっていて、そのまわりにもまばらにヘアが生えている。

わずかに開いている肉びらの合わせ目には、もうジトッと、濡れがにじんでいた。

「うう～ん、見てるだけじゃいやァ」

美沙緒が腰をくねらせていった。

つい秘苑に見とれていた玉井が顔を上げると、焦《じ》れったそうな声のとおり、見られているうちに美沙緒も刺戟されたらしく、興奮してたまらなそうな表情を浮かべている。

「ね、舐めて」

美沙緒のストレートな要求が玉井の興奮を煽った。

両手で肉びらを分けると、くすんだ茶褐色とは対照的なピンク色のクレバスがむき出しになった。

濡れ光っているそこに、玉井は舌を這わせ、クリトリスをすくい上げてこねまわした。

「アアッ、アアンいいッ。アアッ、自分の指なんかよりずっといいわッ。ねッ、このまま舐めてイカせてッ」

美沙緒は両手で玉井の頭を抱えて裸身をうねらせながら、喘ぎ喘ぎいう。

もとより玉井はそのつもりだった。早々と硬く膨れあがっているクリトリスを、夢中になって舐めまわした。

美沙緒はきれぎれに泣くような喘ぎ声を洩らしはじめた。玉井は上目遣いに見た。

上に向かってなぎ倒されたような毛脚の長いヘアの先に、粘ったミルクを塗ったような肌をした美沙緒の上体が見えた。

その上体が、乳房を突き上げるようにしてうねったり、肩をよじるようにしてくねったりしている。

さらに、みずみずしく張っている乳房の向こうに、悩ましい表情を浮かべて狂おしそうにのけぞっている美沙緒の顔が見え隠れしていた。

両手は玉井の頭を離れて、両脇のシーツや枕をつかんだり、片方の手の甲が口にいったりしている。

美沙緒の息遣いが荒くなってきた。

「アアだめッ。いいッ。アアッ、もう我慢できないッ」

切迫した声でいう。

イク寸前になっているのを察して、玉井は激しく舌でクリトリスを弾いた。

「アアッ、だめだめッ」

泣き声と一緒に美沙緒の裸身が反り返った。

その瞬間、美沙緒の秘部がピクピク痙攣するのを感じた玉井は、なおも攻めたてるように舌を躍らせた。

「ア〜ッ、イク〜ッ、イクイク〜ッ！」

美沙緒は腰を振りたててよがり泣きながら昇りつめていった。

玉井は顔を上げ、上体を起こした。

扇状にひろがったロングヘアの上の顔に、美沙緒は放心したような表情を浮かべて息を弾ませていた。

「ああ、玉井くんて、もっとウブなのかと思ったわ」

妖艶な眼つきで玉井を見てうわずった声でいいながら、気だるそうに起き上がると、

「すごく上手で、とてもよかったわ」

玉井の耳元で思い入れたっぷりの声で囁き、耳を甘嚙《あまが》みした。

玉井はゾクッとした。耳を甘嚙みされると同時に美沙緒の手が怒張をまさぐってきたからだ。

「こんどは玉井くん横になって、わたしに舐めさせて」

「でも俺、奥さん──あ、いや、美沙緒さんにフェラなんかされたら、すぐに我慢できなくなっちゃうかも……」

美沙緒にいわれるまま横になりながら、玉井は本音を洩らした。

「だったら出してもいいわ。わたし飲んであげる。でも玉井くん若いから、すぐにまた大丈夫でしょ？」

美沙緒は笑みを浮かべてこともなげにいって訊く。

玉井は感激して楽な気持ちになり、照れ笑いしてうなずくと横になった。

「ああ、こんなにビンビンになってるの、久しぶりよ」

玉井の両脚の間にひざまずいた美沙緒が嬉しそうにいって怒張を手にする。

その声につられて玉井が両肘をついて上体を起こして見ると、美沙緒はロングヘアを手で耳にかけて玉井の股間に屈《かが》み込み、亀頭に舌をからめてきた。

ねっとりと亀頭を舐めまわす舌の感触とあわせて、うっとりとした表情の美沙緒を眼にしていると視覚的な刺戟が加わって、玉井はたちまち暴発しそうになり、興奮と快感を必死に抑えなければならなくなった。

さらに美沙緒はせつなげな鼻声と一緒に生々しく舌の音を響かせて、いかにも美味しそうに怒張全体を舐めまわす。

玉井はあわてて眼をそらした。そうやってしゃぶられているのを見ていたら、暴発しそうだった。

それでも怒張をくすぐるように這いまわる舌の感触と悩ましい鼻声や生々しい舌の音で、いやでも快感と興奮をかきたてられる。

玉井は視線を宙に泳がせながら、懸命に場違いなことを考えようとした。

――そういえば、昼メシがまだだった。あとでラーメンでも食うか。

そんなばかげたことを考えていると、それまでとはちがったゾクゾクする快感に襲われた。

美沙緒の手が玉袋を撫でまわしているのだ。

おまけにそのとき、うろたえて宙をさまよう玉井の視線が刺戟的なものに出くわした。美沙緒のむっちりとしたヒップだ。

美沙緒は尻を持ち上げた恰好でフェラチオにふけっていて、くっきりとハートの形を描いたヒップを、いやらしくモジモジさせている。

「もうだめだ！」

玉井は呻くようにいうなり両手で美沙緒の肩を押しやった。美沙緒の口から怒張が滑り出た瞬間、危うく暴発しそうになったが、かろうじてこらえることができた。

「わたしが上になっていい？」

美沙緒が訊いてきた。発情したような、ドキッとするほど色っぽい顔をしている。

フェラチオをしながらヒップをモジモジさせていたのは、やっぱり興奮してぺニスを入れたくてたまらなくなっていたせいらしい。

玉井がうなずくと、美沙緒は怒張を手にして腰をまたいだ。

片方の手を布団の上について前屈みになり、股間を覗き込む。

玉井が顔を起こして見ていると、亀頭を濡れた肉びらの間にこすりつけて、ヌルッと秘口に収め、「あうッ」と呻いて悩ましい表情の顔を上げた。

そのまま、怒張の侵入を味わうようにゆっくりと腰を落としてくる。

「アア〜、いいッ！」

怒張が蜜壺の奥深くまで突き入ると、美沙緒は感極まったような声をあげた。

生温かいぬかるみの中に怒張が没している玉井も、そうしているだけで腰のあたりがとろけていきそうな快美感に襲われる。

「アア、この感じ、久しぶりよ」

美沙緒は嬉しそうに弾んだ声でいうと、玉井の両手を取って乳房に導いた。玉井の腕につかまって、クイクイ腰を振る。

「アウッ、奥に当たってる！　気持ちいいッ。玉井くんは？」

「俺も、たまんないッす！」

玉井は夢中になって乳房を揉みながらうわずった声で答えた。

美沙緒の悩ましく張った腰が前後に律動するのに合わせ、亀頭が硬い突起にグリグリこすれて、うずくような快感に襲われるのだ。

「でも、もう少し我慢してね」

息せききっていうと、美沙緒は玉井の胸に両手をついて前屈みになった。競馬の騎手のような体勢を取って、腰を上下に律動させる。

「アアッ、いいッ。玉井くんの太いの、入ってるッ。玉井くん、ズコズコしてるの、見える？」

股間を覗き込んだまま、美沙緒が息を弾ませて訊く。

顔を起こしている玉井にも、美沙緒の頭の横から、濡れた肉びらが蜜にまみれた肉棒を咥えて上下しているいやらしい眺めが見える。

「見えてるよ」

玉井の声はかすれた。

「アアン……玉井くんの、いいわァ。アアッ、オ××コいいッ、気持ちいいッ」

美沙緒が快感に酔いしれたようすであからさまなことをいう。

とたんに玉井は血が逆流するような興奮に襲われた。分身の根元のあたりで必死に堰《せ》き止めていた快感のうずきが、一気に膨れ上がって迸りそうになった。

「だめだッ、イクよ！」

いうなり美沙緒を抱きしめ、腰を突き上げた。

「出してッ。いっぱい出してッ」

美沙緒もグイグイ腰を押しつけてくる。

怒張をしびれるような快感が奔《はし》った。

玉井は呻き、身ぶるいに襲われながら快感液を噴き上げた。

同時に玉井の腕の中で美沙緒もよがり泣きながら絶頂を告げて、軀をわななかせた。

4

「なんだ玉井、おまえここんとこ、やけに浮き浮きしてるようだけど、なにか特別いいことでもあったのか？　まさか、彼女ができたっていうんじゃないだろうな」

刑事課の部屋で机を並べている先輩刑事の西田にいわれて、玉井は一瞬ドキッとした。

「そんなんじゃないですよ」

思わずムキになって否定すると、

「だろうな。その面じゃ、よほど物好きな女でも考えちゃうだろうしな」

西田は笑っていった。

「ほっといてくださいよ、男は顔じゃないんだから。西田さんでも奥さんがいるってのがいい例じゃないですか」

玉井は憤慨して応酬した。玉井自身容姿に自信はないが、西田もブルドッグのような顔をしているのだ。

「おうおう、いってくれるじゃないか。ま、おたがい顔のことをいうのはやめようや」

自分から振っておいて西田は苦笑していうと、真面目な表情になった。

「それより志村美沙緒のほうはどうだ？　なにか新情報はないのか」

「とくには……あの奥さん、やっぱりシロなんじゃないですか」

玉井は内心冷や冷やしながらも美沙緒の肩を持ってそういうと、西田の反応をうかがった。

「うーん。俺の勘ではどうも臭ったんだがなァ」

西田はブルドッグが不味《まず》いものでも食ったような表情でいうと、

「ま、もうちょっとようすを見てみようや。あの手の女ってのは、なかなか手ごわいからな。おまえは女にかけては免疫がないから、まちがってもミイラ盗りがミイラになるなんてことのないように気をつけろよ」

またしてもドキッとさせるようなことを口にして玉井の肩を叩き、席を立った。

――ミイラ盗りがミイラ、か。

玉井はつぶやいた。

西田はもちろん冗談のつもりでいったのだろうが、「まちがっても」という言葉がズシリとこたえていた。いまの玉井は、西田のいったとおりになっているからだった。

美沙緒と関係ができて、およそ一カ月になる。

この間、玉井は美沙緒と週に二、三回というハイペースで関係を持っていた。関係を持つのは、いつも美沙緒の子供が幼稚園にいっている間の昼間で、場所は例の客間の和室と決まっていた。まさに真昼の情事だった。

西田にもいわれたとおり、女に免疫のない玉井は、情事を重ねるにつれて、美沙緒の色っぽく成熟した女体にのめり込んでいった。

そんな玉井でも、それが刑事として許されないことは痛いほどわかっていた。

それでいて、美沙緒のことを思うとどうにもならない。ゾクゾクするほど色っぽい裸身や、布団の上の痴態を思い浮かべただけで分身がうずき、いてもたってもいられなくなるのだった。

この日も美沙緒と逢う約束をしていた。ただ、今日にかぎって、なぜか夜、美沙緒の家にいくことになっていた。

それをいいだしたのは美沙緒だった。玉井のほうが子供のことを気にすると、

「大丈夫よ。親戚のお兄ちゃんだってことにして、『泊まっていくのよ』っていえば」

美沙緒はこともなげにいった。

そのとき玉井は初めて「泊まる」と聞いて驚いた。すると美沙緒は、

「たまにはゆっくり、一緒に寝るのもいいじゃない」

と、思わせぶりな笑みを浮かべていってのけたのだった。

その夜、玉井は美沙緒の家にいった。昼間の西田の警告も忘れ、「ゆっくり」を強調した美沙緒の言葉を思い出してヤニ下がっていた。

美沙緒に迎えられて家に入ると、子供の姿はなかった。

「あの子、親戚のお兄ちゃんがくるのを楽しみにしてたんだけど、待ちきれなくて眠ってしまったの」

そういいながら美沙緒がビールとツマミを運んできて、玉井とソファに並んで座った。

若い玉井を意識しているのか、玉井と関係ができてからの美沙緒はいつもミニスカートを穿いている。

太腿の中程まで露出しているきれいなナマ脚を見て、玉井が早くも分身が充血してくるのを感じていると、

「さ、乾杯しましょ」

美沙緒が弾んだ声でいってグラスを持ち上げた。

玉井もグラスを手にすると、このあとの情事を暗示するような艶めかしい眼つきで見つめる美沙緒とグラスを合わせた。

一気に飲み干して、玉井はいった。

「ウー、美味い！　美沙緒みたいに色っぽい女がそばにいると、ますますビールが美味いよ」

「驚いた。玉井くんでも女にそんなお世辞いうの？　それとも、もう酔っちゃったの？」

美沙緒が揶揄する眼つきで訊く。

「お世辞じゃない、マジだよ。第一、グラス一杯のビールで酔うわけないだろ。でも飲みすぎて酔っぱらわないようにしなきゃな、美沙緒を抱けなくなっちゃうから」

いうなり玉井は美沙緒を抱き寄せ、唇を奪った。

美沙緒は小さく呻いて玉井を制しようとしたが、それも形ばかりで、すぐにせつなげな鼻声を洩らして玉井の舌に舌をからめてきた。

濃厚なキスを交わしながら、玉井はスカートの中に手を入れた。

ここでも美沙緒は両太腿を締めつけて手の侵入を拒もうとしたが、これまたすぐにふっと締めつけを解いた。

滑らかな内腿からショーツに、玉井は手を這わせた。

ゾクゾクする感触のショーツの膨らみ——その下に潜んでいる割れ目を、指先でまさぐると、美沙緒は鼻声を洩らしてますます熱っぽく舌をからめ、玉井の股間に手を這わせてきた。

その手が、ズボンの前を突き上げている玉井の分身を、くすぐるように撫でまわす。

玉井は興奮を煽られて、ショーツの脇から手をこじ入れた。

熱気がこもっているような生々しい感触の女芯は、もうジトッと濡れていた。

ヌルヌルした割れ目を指先でなぞり上げると、美沙緒は顔を振って唇を離した。

「アン、いやらしい指……」

玉井を睨む眼つきがゾクッとするほど色っぽい。

「だって、いやらしいのが好きなんだろ？　この前いってたじゃないか。それに美沙緒のここ、もうビチョビチョだぞ」

玉井はいってクリトリスをこねた。

「アアッ、玉井くんのだって、もうビンビンよ」

美沙緒は喘ぎ顔でいうと玉井のズボンのチャックを下げていき、パンツの中から怒張を取り出した。

それに対抗するように、玉井もいったんショーツから手を引いてスカートを引き上げた。

「オッ、スケスケじゃないか」

思わず眼を見張った。ショーツは真っ赤なシースルーで、黒々としたヘアが透けて見えている。

「気に入ってもらえた？」

美沙緒が艶めかしい笑みを浮かべて訊き、手にしている怒張の先を指でくすぐるように撫でる。

「いいよ、たまンないよ」

玉井はうわずった声でいうと、またショーツの脇から手を入れ、肉びらを分けてクリトリスを指先でこねた。

「アアン、なんか、すごくいやらしい」

美沙緒はたまらなそうに腰をうねらせながら昂った声でいう。悩ましい表情で自分の股間を見つめている。いやらしさに興奮しているらしく、眼が妖しく潤んでいる。

「ああ、でも、こんなことされたら、我慢できなくなっちゃう」

息苦しそうにいうと玉井の膝に倒れ込み、怒張に舌をからめてきた。

せつなげな鼻声と一緒に生々しい音を響かせて怒張を舐めまわす美沙緒の舌

に、玉井は身ぶるいするような快感をかきたてられながらも困惑していた。

酔ったわけでもないのに、急に眠気に襲われてきたのだ。しきりに顔を振って追い払おうとしたが、どうにもならなくなった。

5

事態は急展開した。しかも玉井にとって最悪の方向に――。

発端は、瀬川幸二《こうじ》という男の事件だった。

会社員の瀬川幸二は、ある夜、酒に酔って帰宅途中の駅でホームから転落し、電車に轢かれて死亡した。

当初警察は事故と見ていたが、一応、被害者について調べてみたところ、他殺の可能性も出てきて、本格的に調査を開始した。

被害者には多額の保険金がかけられているうえ、瀬川は酒に酔うと妻に暴力をふるう酒乱で、夫婦仲は冷えきっていたという情報を得たからだった。

ところが妻にはアリバイがあった。

この事件の所轄は、玉井が勤務する署とはちがっていたが、その所轄署に西田と親しい刑事がいて、たまたま西田がその刑事から事件のことを聞き、事態は急展開したのだ。

　というのも瀬川幸二の妻、律子が、志村美沙緒のアリバイの証言者だったからだ。

「偶然にしては出来すぎじゃないか」

　西田は興奮していった。

「志村美沙緒の夫には愛人がいた。一方、瀬川律子の夫は酒乱で妻に暴力をふるう。おまけに両者とも、多額の保険金がかけられている。二人の妻には夫を殺す動機がある。ということになれば、二つの事件は無関係ではないと考えるのが当然だ」

「まさか、交換殺人……!?」

　玉井はいいたくない恐ろしい言葉を口にした。激しく動揺していた。

「その可能性があるってことだ」

「でも、もしそうだとしたら、志村美沙緒の夫の事件は、あの状況からしておかしいんじゃないですか。だって、瀬川律子が美沙緒の夫と愛人を心中に見せかけて毒殺したってことになるわけでしょ？　美沙緒の夫と愛人が密会していたあのホテルの部屋に、二人とは無関係の瀬川律子がいって犯行におよぶというのは、どう考えても不自然だし無理ですよ」

「ああ、俺も交換殺人の可能性を考えたとき、そう思ったよ。だけど、ホテルの部屋に瀬川律子が一人でいったと考えるからそうなんだ。志村美沙緒と二人でいった。美沙緒はあのホテルで夫と愛人が密会しているのを知って、そこへ律子を伴って押しかけた。ふつうなら当然すったもんだになるところだけど、美沙緒は夫と愛人を前にしても、例の冷静な態度で離婚話を切り出す。あの女のことだから、夫を愛人にくれてやるぐらいのことはいったかもしれん。で、話が一段落したところで乾杯しようと持ちかけて、瀬川律子がこっそり毒物を入れた酒を出す。つまりあれは美沙緒と律子、二人の犯行だった。といってもこれはまだ俺の推測だけど、そう考えれば不自然でもないだろう」

西田がいうのを聞いているうちに、玉井は胸苦しさに襲われて吐き気を催しそうだった。

「なんにしても、こうなったらもういっぺん本腰を入れて志村美沙緒を調べ直さないといかんぞ」

西田の気合いが入った声を背に、玉井は刑事課の部屋を出ると、その足で美沙緒の家に向かった。

――まさか、あの美沙緒が……。

鉛《なまり》を呑んだような胸苦しさの中でそう思いながらも、玉井の頭にあの夜のことが禍々《まがまが》しく浮かんでくる。

一週間ほど前、夜初めて美沙緒の家にいったときのことだ。あのとき玉井は急激に眠気に襲われ、目覚めると美沙緒と布団の上にいた。

「どうしちゃったのよ。急に眠いなんていいだしたと思ったらバタンキューなんだもん、驚いちゃったじゃないの」

美沙緒は呆れたようにいいながらも、艶めいた顔つきになって玉井の股間をまさぐってきた。

玉井自身わけがわからないまま、美沙緒を抱き寄せたのだが、あのとき玉井は六時間ちかく眠り込んでいた。

いまにして思えば、あの急激な眠気は睡眠薬でも飲まされたとしか考えられない。

しかもあのとき、美沙緒はキッチンからビールをグラスに注いで持ってきた。

あの空白の六時間の間、美沙緒はどこでなにをしていたのか？　あの日とその時間帯は、瀬川幸二が死亡した日時と偶然にも一致しているのだった。

美沙緒は家にいた。玉井の顔を見ると嬉しそうに中に入れ、リビングルームに立ったまま両腕を首にまわしてキスしてきた。

玉井は突っ立ってされるままになっていた。

「ウン、どうしたの？　ちっとも気がないじゃないの」

美沙緒は唇を離すと怪訝な表情ですねたようにいった。

玉井は西田がいっていた疑惑をまじえて訪ねてきたわけを話した。

美沙緒はうつむいて黙って聞いていたが、顔を上げると、

「で、警察はまた、わたしを取り調べるってわけ？」

なぜか笑って訊く。

「ああ。でも本当のところはどうなんだ？　俺には本当のことをいってくれ」

玉井は胸苦しさを吐き出すようにいった。

「ひどいわ。あなたまでわたしを疑ってるの？」

「そうじゃない。俺は美沙緒を信じたいんだ。美沙緒に疑いがないことを知って安心したいんだ」

「それなら大丈夫よ。だってわたし、律子さんのご主人が亡くなったとき、あなたと一緒にいたじゃないの。警察に聞かれたらそういうわ。もちろん、あなたは

仕事できていただけで、わたしとこんなことをしてたなんていわないけど……」

美沙緒は妖しい笑みを浮かべていうと、玉井の前にひざまずいた。

ズボンのチャックを下ろしてパンツからペニスを取り出すと、萎えているそれにねっとりと舌をからめてきた。

玉井は突っ立ったまま、茫然とそれを見下ろしていた。

いま初めて、美沙緒は恐ろしい女かもしれないと思った。

それでいて、ペニスをいやらしく舐めまわしている美沙緒に軀がふるえるような快感と欲情をかきたてられて、みるみる勃起してきていた。

二十年後の情事

1

「では、約二十年ぶりの美砂《みさ》との再会を祝して、まずは乾杯しよう」

宮野宏樹《みやのひろき》が音頭を取り、彼を含めた五人が「乾杯！」と声をそろえてグラスを合わせ、ビールを飲んだ。

五人の顔ぶれはというと、四人掛けのテーブルを囲んでいる、この居酒屋「伝馬船」の常連の三人の男――宮野宏樹と筒井裕次郎《つついゆうじろう》と塩見真人《しおみまさと》に、紅一点の前沢《まえざわ》美砂。そしてそばに立っている、この店のマスターの村尾浩介《むらおこうすけ》だ。

「注文は一応、筒井から聞いとる」

村尾がビールを飲み干してからいった。

「とりあえず料理はそれから出すけど、ほかにほしいものがあったらいうてくれ。今日は〝太っ腹の筒井専務〟の奢《おご》りだそうだ」

「なに？　太っ腹はええけど、筒井、ずるいぞ」

宮野がいった。

「なにが?」

筒井が訊き返す。

「おまえ、美砂にええ格好しようと思うとるんじゃろ」

「当たり前じゃろ。美砂と会うのは高校卒業以来初めてなんだぞ。ええとこ見せてなにがわりい。文句あるか」

「ある。そういうのを、抜け駆けというんじゃ」

「あれ? おまえ、俺をライバル視しとるんか」

「するわけないじゃろ。俺たちはふたりとも美砂に振られた前科持ちなんだぞ。塩見のかわりにいうてやっとるんじゃ。ずっと美砂一筋で、可哀相にいまだに独身の塩見のかわりに」

「おい! なんだよそれ」

いきなり自分に矛先を向けられて塩見真人はあわて、憤慨していった。

「ふたりとも、もう悪酔いしとるんか。ガキのようなことをいって。見ろ、美砂が呆れとるじゃないか」

村尾にいわれて、宮野と筒井がそろって美砂を見る。美砂が呆れ顔で、

「あなたたち、いくつになったの？」

「三十八」

すかさず、ふたりは口をそろえて答えた。

ぷっと美砂は吹き出し、そばの村尾を見上げて、

「村尾くん、この人たち、いつもこうなの？」

「まァな。酔うと大概高校時代にもどるんじゃけど、今日は美砂がおるからか、いつもより早いようだな」

村尾は苦笑していうと、

「まッ、ゆっくり楽しくやってくれ」

といいおいてカウンターの中に入っていった。カウンターの中では村尾の妻が立ち働いていた。

五人は高校時代の同級生で、美砂以外の男四人はみんないま、この島に住んでいる。

ここは瀬戸内でも比較的大きな島で、島内に一校、県立高校がある。

五人ともその高校の卒業生で、部活も同じ水泳部に所属していた。

もっとも、練習や規律がきびしい、いわゆる体育会系の水泳部ではなく、泳ぐ

のが好きな連中が集まって楽しむという程度のものだった。

高校卒業後、村尾だけは島に残って家業の居酒屋を継いだが、ほかの四人は島を出て、それぞれ大学にいった。

うち宮野と筒井のふたりは大学を出たあとすぐ島にもどり、宮野は市役所に勤務し、筒井は父親と一緒に水産加工会社をやっている。

因《ちな》みに筒井の名前の裕次郎は、父親が石原裕次郎の熱烈なファンで、つけられたということだが、本人は裕次郎とは似ても似つかない熊のような顔をしているので、ときに熊次郎と呼ばれている。

塩見の場合は、ふたりとはちがって大学を出て大阪のコンピュータ関係の会社に就職。十年ほど勤めて独立して、ＷＥＢデザインの制作会社をつくった。

会社は順調にいって、わずかの間に塩見は仕事の面でも経済的にも、いわゆる〝勝ち組〟といえるまでになった。

ところが成功とは裏腹に、得体の知れない虚無感のようなものをおぼえるようになった。

――このままでは鬱病になるのではないか。

そんな不安に駆られて、島にＵターンした。

それが一年あまり前で、いまはひとりでＷＥＢデザインの仕事をしている。

宮野と筒井、それに村尾の三人は結婚して妻も子供もいるが、塩見だけはまだ独身だった。

そして紅一点の前沢美砂こと、旧姓藤本《ふじもと》美砂は高校時代、アイドル的な存在だった。

ショートカットが似合うキュートな顔立ちでスタイルがよく、そのうえ成績も運動神経もよかった。

そのため、水泳部の練習がはじまると、プールサイドのネットフェンスに男子生徒たちがいつも群がったものだ。いうまでもなく、彼女の水着姿を見るために──。

そんな高校時代そのまま、美砂のその後の経歴も華やかなものだった。

東京の名門女子大を出て大手航空会社のＣＡになり、そのうち経産省のキャリアと結婚。そして出産を機に仕事をやめ、いまは中学生の娘を持つ官僚夫人ということだった。

もっとも、高校卒業後の美砂についての情報は、彼女がめったに島に帰ってくることはなく、同窓会などに出席することもなかったので、本人からのものではなく、大方は噂がもとになっていた。

今回、美砂が島にもどってきたのは、昨年亡くなった父親の初盆の供養のためで、四人が久しぶりに会うことになったこの席は、その情報をキャッチした宮野が美砂に持ちかけて実現したのだった。

その話が宮野からきたとき、塩見は胸がときめき、高鳴った。

高校時代から塩見も美砂のことが好きで、しかもその熱い思いをいまだに抱きつづけていたからだ。

もっとも、これまで塩見は美砂に気持ちを打ち明けたことはない。というより打ち明けたいと思ってもできなかった。

はなから振られるに決まっていると思っていて、振られて夢も希望も失ってしまうのが恐かったからだ。

結果、いまにいたっていた。高校卒業以来、会ったこともないまま……。

それでいて、塩見はいまも美砂のことが忘れられなかった。自分でもおかしいのではないかと呆れながらも、ずっと思いつづけていた。

そんな美砂とこの夜およそ二十年ぶりに再会したとき、塩見はドキドキして舞い上がってしまい、まるで高校生にもどったかのようだった。

三十八歳になった美砂は、どこかしら高校時代の面影があるものの、それ以上に洗練された気品のようなものがそなわっていた。

そして、すべてが魅力的な大人の女を感じさせるものに変わっていた。

かつてのキュートな顔立ちにショートカットのヘアスタイルは、整って色っぽい顔立ちとセミロングのかるくウエーブがかかったヘアスタイルに。

相変わらずプロポーションがよさそうな軀は、それだけでなく、ワンピースの上からでもいかにもアラフォーの熟れた軀を想像させるものに。

2

プチ同窓会は、高校時代の話で盛り上がっていた。

それにつれてみんないい調子に酔ってきていたが、塩見はいつもより酒のまわりが速いのを感じていた。横に美砂が座っているため、つい飲むピッチが速くなっているせいだった。

そのとき、筒井が塩見も気にしていたことをいった。

「それにしても、こうやって美砂と飲めるとは思ってもみんかったな。どうしたんだ？　なんか心境の変化でもあったんか」

美砂はうつむいてちょっと考えてから、

「うーん、心境の変化っていうか、歳のせいかしら、この島とかみんなとか、なんだかすごく懐かしくなってきちゃって……」

あいまいな笑みを浮かべていった。

「へえ、俺たちや島を懐かしがってくれたとは、うれしいなァ」

なァ、と筒井が相好を崩して塩見と宮野に同意を求める。

「ああ。だけど美砂には歳なんて関係ないだろ。昔の可愛かった美砂もいいけど、いまは色っぽい、いい女になって、ますます魅力的になっとんだから」

「そんな、褒めすぎよ。わたし、全然色っぽくなんかないわよ。宮野くん、悪酔いしてきたんじゃない？」

美砂が笑って揶揄する。

「宮野、おまえ、遠回しに美砂を口説いとるんじゃないか」

筒井が口を挟んだ。

「バカいうな。ホントのことをいうとるだけじゃ。な、塩見、おまえもそう思うじゃろ？」

「ん?! ああ……」

塩見は美砂の視線を感じて戸惑いながら答えた。

「いやァね、塩見くんまで」

美砂がいった。

塩見は美砂を見た。瞬間、ドギマギした。かるく睨むように塩見を見ている美砂の眼つきが、思わず息を呑むほど艶かしく見えたからだ。

塩見と美砂は、筒井と宮野に見送られてタクシーに乗り込んだ。

プチ同窓会がお開きになったとき、筒井と宮野がそれぞれこのあと所用があってそっちに向かうので、塩見に美砂を送ってやってくれといってこういうことになったのだった。

「いい友達ね」

タクシーが走りはじめてすぐ、美砂が笑いを含んだような口調でいった。

「筒井くんと宮野くん、気を利かせてくれたんでしょ？」

塩見は苦笑いしていった。

「あいつら、俺がいつまでも独身だから、へんに気をまわすとこがあるんだよ」

「気をまわされて迷惑？」

美砂が訊く。

「え？」

と、こんどは声に出して塩見は美砂を見た。

美砂は、妙に硬い表情で前方を見ていた。

「それより美砂こそ、迷惑だったんじゃないか」

塩見は探るように訊いた。

「ううん。わたしは、筒井くんと宮野くんの気遣いに感謝してるわ」

美砂はあっさりいった。

とたんに塩見は胸が高鳴った。

筒井と宮野の気遣いに感謝しているということは、美砂は塩見とふたりきりになれたことを喜んでいる、ということにほかならない。

「塩見くんて、相変わらずね」

美砂がおかしそうにいった。

「なにが？」

「はっきりしないってとこ。ていうか、考えすぎちゃってそうなのかどうか、ちゃんと自分を出さないとこ。でもこれって、わたしに対してだけなのかしら」

前を向いたままいう美砂を見て、塩見は内心焦った。

——俺の美砂に対する気持ちを訊かれているのだ。

そう察したものの、どう答えていいか、いうべき言葉がとっさに頭に浮かんでこない。苦し紛れに、

「……かもな」

自嘲ぎみにいった。

「わたしのこと、あまり興味がないから？」

美砂が塩見のほうを向いて訊く。

塩見はあわてて前を向いていった。

「ちがうよ、全然逆だよ」

思わず気負って、語気を強めていた。

「わたしね、高校のとき、塩見くんがわたしのこと好きなんじゃないかと思ってたのよ。塩見くんのようすとか、いろいろ見てて」

美砂がつぶやくような口調でいった。

「でも塩見くん、なにもいわなかったから、あとになってわたしの勘違いだったのかなって思ってたの。だけど今日、宮野くんがいうのを聞いて、驚いちゃっ

た。あれって、本当のこと?」

塩見は当惑した。ここまでいわれたら、もう本心を打ち明けなければ男じゃない。そう思ったものの、こんな形で長年抱きつづけてきた気持ちを打ち明けることになろうとは想像だにしなかっただけに、ひどく動揺した。

意を決して——といっても美砂の顔を見ることができず、前を向いたまま塩見はいった。

「本当だよ」

すると、美砂は黙っている。

塩見は不安になって、恐る恐る美砂を見た。

「明日、泳ぎにいかない?」

前方を向いたまま、唐突に美砂がいった。

塩見は呆気に取られた。

「泳ぎに⁈」

美砂は塩見のほうを向くと、真剣な表情でうなずいた。

3

翌日、塩見はほとんど仕事が手につかなかった。

昨夜タクシーの中で美砂から思いがけないことを提案されて驚いたものの、塩見にとっては願ってもないことなので提案に応じ、彼女の話を聞くと、それはいやでも心躍ることだったのだ。

この島の周囲には、大小いろいろな入り江や砂浜があって、大きいところは漁船やレジャーボートなどの港や海水浴場になっているが、小さいところは夏場でも人気のない場所がある。

美砂が塩見を泳ぎに誘ったのは、そういう人気のない小さな浜で、そこは高校時代、水泳部の仲間たち——美砂と塩見も一緒に、なんどか泳ぎにいった場所だった。

そのときはいつも昼間だったが、その浜に夜泳ぎにいこうと、美砂はいったのだ。

夜と聞いて塩見はよけいに胸がときめいたが、考えてみれば、美砂は日焼けを避けたいだけなのかもしれなかった。

ともあれ、泳ぎにいけば、当然のことに美砂の水着姿を見ることができる。それだけで塩見は興奮してしまい、落ち着いていられず、夜が待ち遠しくてたまらなかった。

夜七時に、美砂の家に塩見が車で迎えにいくことになっていた。

いつもは晩酌を抜くことはない塩見だが、この日ばかりは飲むわけにはいかなかった。

おまけに早めに晩酌抜きの味気ない夕食をすませたぶん、出かけるまでの時間が長くなってしまって、塩見はジリジリした思いを抱えながら、美砂の家に向かって車を走らせた。

美砂の実家は小高い丘の上にあって、立派な門構えといい、土塀に囲まれた広い敷地に建つ大きな日本家屋といい、由緒ある旧家の趣を呈している。

実際、美砂の家はこのあたりの名家で、亡くなった美砂の父親は県会議員をしていた。

美砂は一人娘で、いまこの家に住んでいるのは、年老いた母親一人ということだった。

車は屋敷の中まで入ることができるが、門の外に黒い鍔広《つばひろ》の帽子を被った女が立っていた。

真夏の午後七時前なので、陽はもう落ちていたがまだ明るみが残っていた。

塩見は美砂の前に車を停めた。

美砂はまるで夜の闇に身を隠そうとするかのように黒一色の格好だった。帽子のほかサングラスもタイトなワンピースも、そして足元のサンダルも。それに手にしている少し大きめのビニール製らしきバッグも、黒っぽいものだった。

美砂が車のドアを開けて乗り込んできた。

一緒にオーデコロンのいい香りが入ってきて、塩見は鼻腔だけでなく気持ちもくすぐられた。

「ごめんね。無理いって」

シートベルトを締めながら美砂がいった。

「謝ることなんかないし、全然無理じゃないよ。それどころか、俺にとっては誘ってくれて嬉しかったよ」

塩見が車をスタートさせながらいうと、クスッと美砂が笑った。

「なに？　なにがおかしいんだ」

「ううん、なんでもない。ただ、なんとなく、真面目な塩見くんらしい言い方だと思って……」

「べつに俺、真面目じゃないよ」

からかわれたような気がして、塩見はちょっとムッとしていった。

「そう？　でもわたしに対しては真面目だったような気がするけど、ちがう？」

美砂にそういわれると、塩見は苦笑いするしかない。

「ちがわないかも……」

「塩見くん、どうして結婚しないの？」

「え？……たまたまだよ」

一瞬、ずっと美砂のことが頭から離れなかったから、といってしまおうかと思ったが、塩見はまた苦笑いしてそういっていた。

「そうでしょ。宮野くん、美砂一筋だからなんて変なことといってたけど、そんなことあるわけないわよね」

美砂が呆れたようにいう。

それが誘い水になって、塩見は踏み込んでいった。

「俺が勝手に思ってたことだけど、美砂のことがまったく関係ないってわけじゃないよ」

「え⁉……そんな──」

絶句した感じが美砂から伝わってきた。

それっきり、ふたりの会話は途絶えた。

塩見は自分がいったことを美砂がどう受け止めたのかわからず、困惑し動揺した。

そのまま、なんとか早く話の糸口を見つけようと焦っているうちに目的地に着き、ふたりは車から降りた。

あたりにはまったく人や車の気配もなかった。そこから砂浜までは、雑草が生い茂っている斜面の小道を下っていかなければならない。

塩見が美砂のバッグも持って、ふたりは足元に気をつけながら浜に下りていった。

そこには、幻想的ともいえる風景がひろがっていた。

白い砂浜と波ひとつない海を、月明かりが照らしている。

「きれいだわ。なんだか別世界にきたみたい」

美砂が感動したようにいった。

「本当だ……」

——このまま美砂と別世界にいきたい。

塩見はそう思ったが、それを口にすることはできなかった。

「海で泳ぐの、久しぶりだわ」

美砂がそういいながらワンピースを脱いでいく。

それを見てドキドキしながら、塩見も着ているものを脱いでいった。

「娘が小学生のとき、プールにいって以来だから、何年ぶりかしら。島まで泳げるか心配だわ」

「美砂なら平気だよ」

海水パンツだけになって眼を見張っていた塩見は、声が不自然にうわずった。

ワンピースの下から現れたのは、これまたワンピースの水着だった。濃紺の地に、胸元からウエストにかけて白いハイビスカスの花がプリントされた水着で、ハイビスカスの花と白い肌が月明かりに浮かびあがって、なんとも艶かしい。

塩見が眼を奪われたのは、その艶かしさと相変わらずのプロポーションのよさだけではなかった。

高校生の頃に比べて全身にそれなりに肉がついているにもかかわらず、それでいて均整が取れた軀の、息を呑むほどの色っぽさにだった。

「いやァね。そんなに見ないで。この歳で水着になるなんて、ずいぶん勇気がいったのよ。でも泳ぎたくて思い切ってなったんだから」

美砂は水着と同色のスイミングキャップを被って髪をその中に入れながら、恥ずかしそうに笑っていった。

「きれいだよ。それに、すごく色っぽいよ」

「そんな……驚いたわ、塩見くんがそんなことをいうなんて」

水着姿の美砂に眼を奪われたままの塩見を、美砂は唖然とした表情で見ていうと、ふっと笑いかけてきた。

「じゃあいくわよ。わたしが溺れかけたら助けてね」

そういって砂浜を走って海に向かう。むちっとしたヒップが弾むのを見て、思わず塩見もあとを追った。

海に走り込んだ美砂は、両手で海水をかいて軀にかけている。塩見も同じようにした。

そこから二百メートルたらず先に、小さな無人島がある。高校時代ここにきてそうしたように、そこまで泳いで渡ろうというのだ。

美砂が小島に向かって泳ぎはじめた。塩見もつづいた。

「アーッ、気持ちいい！」

美砂が平泳ぎをしながら、美砂は言葉どおりの声をあげた。

実際、海の中はひんやりとして心地よい。

「ああ、気持ちいいな。美砂と一緒だから最高だよ」

並んで平泳ぎをしながら塩見がいうと、ちらっと美砂が塩見のほうを見た。色っぽく睨んだ感じだった。

すると、美砂はクロールで泳ぎはじめた。塩見もクロールに変えた。

泳ぐのは久しぶりだといっていたが、さすがは元水泳部、美砂はきれいなクロールで進んでいく。

水しぶきと一緒に夜光虫の緑がかった光が跳ねて、泳ぐ美砂の姿が幻想的に見える。

並走ならぬ並泳しながら塩見はふと、現実離れした世界に向かっているような錯覚にとらわれた。

五十メートルほどいったところからクロールで泳ぎはじめたふたりは、難なく小島にたどりついた。

それでも砂浜に上がって腰を下ろすと、さすがにふたりとも息が弾んでいた。

「ああいい気持ち。こんなにスカッとしたの、久しぶりだわ」

弾む息と声で、美砂がいった。

「俺も泳いだの久しぶりだけど、ホント、やっぱり気持ちいいな。だけど美砂、なんかストレスとか溜まってたのか」

美砂は塩見を見た。自嘲ぎみとも取れる苦笑を浮かべると、「まァね」といって両手を後方についた。

そのとき、同じ姿勢を取っていた塩見と美砂の手が重なった。

ドキッとして塩見は美砂を見た。美砂は海のほうを見ていた。重なった手をそのままに、緊張したような硬い表情をしている。

塩見は思いきって美砂の手を握った。すると、美砂も握り返してきた。

ほとんど同時に、ふたりは見つめ合った。

美砂の眼が激しい情熱で燃えているように塩見には見えた。塩見自身、激情が込み上げてきていた。

「ああッ……」

塩見は美砂を抱き寄せた。

美砂の口から熱い喘ぎ声が洩れ、塩見はますます激情をかきたてられて彼女の唇を奪った。

その瞬間、長い間思いつづけてきた女の唇の、譬《たと》えようもないほど甘く優しい感触に、気持ちがとろけそうになった。

だが同時にそれが快美感を味わう余裕を塩見から奪って、すぐに塩見の舌は美砂の唇の間に分け入った。

美砂は塩見の舌を受け入れた。塩見がからめていくと、美砂も舌をからめ返してきた。それも塩見以上に熱っぽく、貪るような感じで。

塩見のほうは美砂を抱き寄せた瞬間、二十年あまり抱きつづけてきた美砂への熱い思いが一気に弾けて、それがつづいている感じだった。

情熱的なキスに夢中になっているうちに、気づくと両手で美砂の軀を撫でまわしていた。

水着越しに感じる重たげに張った乳房……まるみといい肉感といい、まさに熟れた官能が詰まっているようなヒップ……。

その生々しい触感に、塩見の分身は窮屈な海水パンツを突き上げていた。

無理もない。島にUターンして以来、セックスとは無縁だった。

美砂は塩見の愛撫にせつなげな声を洩らして身悶《みもだ》えている。

そんな悩ましい反応が、塩見の性欲をたちまち抑えがたいものにした。

塩見は美砂の手を取って立たせた。

このまま、砂浜の上で行為におよぶのも可能だが、とっさに塩見の頭にひらめいたことがあった。

もう少し島に上がると、岩場がある。そこに美砂を連れていくと、塩見は抱き寄せて、また唇を奪った。

さきほどと同じように、すぐまた貪り合うようなキスになった。

塩見は驚いた。濃厚なキスと一緒にときおりせつなげな鼻声を洩らしながら、美砂が塩見の強張りに下腹部をこすりつけてきているのだ。

一瞬勘違いかと思ったが、まちがいなかった。

しかも強張りの感触がたまらないというような、いやらしい腰つきだ。

「美砂、脱いで」

塩見は海水パンツを脱ぎ下ろしながらいった。

美砂はいやがらなかった。そればかりか、塩見と同じように手早く水着を脱いでいく。

ふたりとも全裸になった。

美砂の裸身に、塩見はまた眼を奪われた。手で胸と下腹部を隠しているが、完璧なまでにきれいに官能的に熟れたその裸身は、まさに海から上がったビーナスを想わせた。

塩見は美砂を抱き寄せ、裸の軀を密着させた。

「アアッ！」

美砂が昂った声を洩らし、塩見の軀に両腕をまわしてきた。

塩見は上体を屈め、形よく盛り上がっている乳房にしゃぶりついた。

乳首を舌で舐めまわし、一方の乳房を手で揉みしだいた。

「ううんッ、アアッ……」

初めて美砂の口から艶かしい声が洩れた。

塩見は忙《せわ》しなく、片方の乳首を舌で舐めまわしたり口で吸いたてたりすると、一方の乳首もそうした。

相手が美砂ということで興奮を抑えがたく、いささか余裕を失っていた。

ついで塩見は美砂の前にひざまずくと、下腹部を押さえている彼女の両手をどけた。

美砂は喘いでされるままになり、やや濃いめの陰毛があらわになった。

両手で秘苑を押し分けるなり、塩見はそこに口をつけた。

――美砂のオ××コを舐めている！

そう思うと興奮のあまり逆上して、割れ目に闇雲に舌を躍らせた。

「アンッ、そんな、アアッ、だめッ……」

背後の岩にもたれた美砂が、戸惑いうろたえたような声をあげて腰をもじつかせる。

かまわず塩見は攻めたてるように舌を使った。

美砂の喘ぎ声が、みるみる感泣するようなそれに変わってきた。

「ウウンいいッ、アアンいいッ」

泣き声で快感を訴える。

「アアだめッ、我慢できなくなっちゃう。アアッ、イッちゃうからだめッ」

『イケッ、イケッ』

と、塩見は胸の中でけしかけながら、コリッとした感触があるほど膨れあがってきているクリトリスを舌で弾いた。

「アアッ、だめだめッ、イクッ、イッちゃう！」

ふるえをおびた泣き声で怯えたようにいったかと思うと、美砂は両手で塩見の頭を抱え込み、そのまま腰を激しく律動させる。

一呼吸おいて、塩見は立ち上がった。

初めて見る美砂がいた。興奮で強張った凄艶な表情をして、息を弾ませている。

美砂は両手で塩見の肩につかまった。そうしなければ立っていられないようすだった。

それだけでなく、美砂には目的があったようだ。両手を塩見の肩から胸に滑らせていってひざまずくと、いきり勃っている肉棒にためらいもなく、というより魅入られたようにそれを見つめて両手を添えたのだ。

そして、唇をそっと亀頭につけて眼をつむると、舌を覗かせて、ねっとりからめてくる。

その一連のようすを息を詰めて見下ろしていた塩見は、さっき自分がクンニリングスをしていたときのように、美砂が俺のペニスをしゃぶっていると思うと、興奮と快感で軀がふるえた。

そればかりか、美砂が肉棒を舐めまわし、咥えてしごきはじめると、見ていられなくなって天を仰いだ。

見ているとと暴発してしまいそうで、そうやって必死に快感をこらえなければならなかった。

それでもたちまち限界がきて、塩見はあわて気味に腰を引いた。

肉棒が口から滑り出ると、美砂は昂った喘ぎ声を洩らした。興奮しきった凄艶な表情で、目の前の怒張を凝視している。

そんな美砂を、塩見は抱いて立たせた。

場所を考えると、体位は限られている。

塩見は美砂に後ろを向かせ、岩につかまらせた。

挿入しやすいようにヒップを突き出させようと腰に手をかけてうながすと、美砂はいやがらず、まるで後ろから犯してといわんばかりに、大胆にヒップを突き出す。

その挑発的な体勢に、塩見は興奮と欲情をかきたてられて怒張を手にした。

割れ目をまさぐって、ヌルヌルした中に秘口を探り当てると、初めて美砂の中に押し入った。

肉棒が、熱くぬかるんだ秘粘膜の奥まで滑り込む。

「アーッ！」

美砂が感じ入ったような声を発してのけぞった。

さっきから余裕を失っていた塩見は、すぐに激しく突きたてた。

そうすれば余裕ばかりか快感に対する我慢も失うことになるのはわかっていても、興奮を抑えることができず、どうにもならない。

しかも美砂の蜜壺はその感触といい締まり具合といい、素晴らしかった。怒張を抜き挿ししていると、たまらなく気持ちのいい、しかもエロティックな感覚を秘めた肉筒でしごかれ、くすぐりたてられているようだ。

それにくわえて、美砂の感泣を聞かされるのだ。

早々に塩見はこらえきれなくなった。

「だめだッ、美砂、イクよ！」

呻くようにいうなり、怒張の根元に押し寄せてきている快感を解き放った。二十年あまり抱きつづけてきた熱い思いと一緒に、男のエキスがビュッ、ビュッと勢いよく迸って、そのたびに気が遠くなるような快美感に襲われながら。

4

腰にバスタオルを巻いただけの格好で、塩見は居間のソファに座って缶ビールを飲んでいた。

浴室から美砂が使っているシャワーの音が聞こえていた。

ふたりは島から塩見の家にもどってくると、すぐに着ているものを脱ぎ捨てて一緒に浴室に入った。

そこまで、ふたりの間に会話はなかった。

塩見が話しかけるのに、美砂は黙ってうなずいただけだった。

ただ、話しかけたといっても、島からもどってきた浜でスポーツドリンクで喉を潤したあと、「うちにいこう」と誘ったのと、家に帰ってきて「シャワーを浴びよう」といった、その二度にすぎなかった。

そのたびに黙ってうなずいただけの美砂だが、しぶしぶというようすはまったくなかった。

まだ興奮がさめやらないような感じで、塩見の眼には激情を持て余しているように見えた。

それも塩見自身、美砂との初めてのセックスが万全ではなかったという思いがあったからだが、やはり美砂は満足していなかったようだ。

シャワーを浴びて、おたがいの軀にボディソープを塗りたくったり抱き合ってキスしたりしていると、美砂のほうが塩見以上に興奮して抑えがきかなくなったらしい。

息を乱しながら身をくねらせて、塩見の軀にこすりつけてきたのだ。

そればかりか美砂のほうから、すでに勃起していたペニスを手にして弄ったりしごいたりした。

そんな美砂に圧倒されながら、塩見はなんとか美砂をなだめてさきに浴室から出てきた。

二度目はゆっくり美砂の軀と行為を楽しみたい。なにより美砂をイキまくらせたい。

そう期するところがあったからだった。

浴室での美砂のようすを想い浮かべながら、塩見は思った。

——美砂があんな大胆なことをしてくるとは、意外というより信じられない。

でもそれをいったら、俺を誘って関係を持ったことも、それにあのとき、フェラチオをしているときの、なんだか男のモノに飢えているような感じだってそうだ。

いままでの美砂のイメージからは考えられない。なにか、特別な問題か悩みでも抱えているのだろうか……。

そんなことを考えているうちに、いったん萎えていたペニスがまたぞろ強張ってきていた。

もうそろそろ美砂が浴室から出てくるという思いがあったからだが、それだけでそこまで反応する分身に、塩見は内心苦笑して下腹部を見やった。

甘いうずきと一緒に強張りがバスタオルを盛り上げていた。

そのとき美砂が浴室からもどってきた。美砂もバスタオルを巻いただけの格好だった。

「ビール飲む？」

「うん。塩見くんが飲んでるの、一口だけちょうだい」

浜からこちら、初めて美砂が口をきいた。

ひとりでシャワーを浴びているうちにいくらか激情が収まったのか、いつもにちかい表情にもどっている。

美砂は塩見の横に座って缶ビールを受け取ると一口飲み、缶を塩見に返した。

「今夜のこと、当然、塩見くん驚いてるわよね。というか、わたしのこと、呆れてるんじゃない？」

うつむいて訊く。

「呆れてなんかいないよ。ただ、正直いうと、ちょっとまだ信じられないくらい驚いてる。美砂は？」

「わたし？　わたしは確信犯だから、あまり……」

「確信犯？」

美砂はうなずいた。

「最初から塩見くんとこうしたい、こうしようと思ってたの」

うつむいたまま、感情を殺したような表情と口調でいう美砂に、塩見は驚き、とっさに返す言葉がなかった。

数秒考えてからいった。

「どうして？　ダンナがいる美砂がそんなことを思うってのは、当然、なにか理由があってのことだろう。そうなのか」

美砂は小さくうなずいた。

「どんな理由があるんだ？」

「夫と、うまくいってないの」

美砂はうつむいている顔を曇らせていった。

「原因はなに？」

「夫は性的に一人の女では満足できない、セックス依存症なの」

思いがけない言葉に、塩見は意表を突かれた。

「……ってことは、つぎからつぎに女と関係を持ってるってことか」

「そう。子供ができるまではそんなことはなかったんだけど、できてからはもうほとんどビョーキって感じ……」

「驚いたな。順風満帆だと思っていた美砂が、まさかそんな問題を抱えていたとは……」

塩見は唖然としていうと、ついで小島でセックスしたあとから気になっていたことを訊いた。

「それじゃあ、ダンナとのセックスもうまくいってないんじゃないか」

美砂は小さくうなずくと、

「もう二年くらいセックスレス」

自嘲するような笑みを浮かべていった。

「でも、セックス依存症の夫は求めてくるんじゃないか」

「レスになるまでは、子供のことがあるから、求められたら死んだつもりで応じてたわ。けど、とても我慢できなくて、わたしが頑なに拒むようになって以来、夫もあきらめたみたい」

死んだつもりで応じていたという美砂の言葉を聞いて、不謹慎に思いながらも塩見は嫉妬まじりの興奮をおぼえて当惑した。

ただ、それがきっかけになって、男としてはあまり格好のいいことではないと思っていたことが、すんなり口を突いて出た。

「事情は全然ちがうけど、二年くらいのセックスレスは俺も同じだよ」

美砂がちょっと驚いた表情で塩見を見た。

「セックスに関しては、わたしたち似た者同士ってこと？」

艶かしい笑みを浮かべて訊く。

その笑みにつられて塩見も笑っていった。

「そうだな、ふたりとも欲求不満のかたまりってことでは」

「でも、塩見くんのセックスレスの理由ってなに？」

「ん？　ああ、こういう島では出会いのチャンスもそうそうないし、あったとしても都会とちがって下手なことはできないし、それやこれやで不自由するんだよ」

「都会にいたときはかなり遊んでたみたいに聞こえるけど、そう？」

「そんなことはないよ。第一、俺がそんなにモテるわけないじゃないか」

「でも会社、うまくいってたんでしょ。そのときはモテモテだったんじゃない？」

「いやァ、ぼちぼちだよ」

塩見は苦笑いした。

「だけど、どうしていままで結婚しなかったの？」

「俺、向いてないんだよ」

「わたしがいえることじゃないけど、してみないとわからないじゃない。なのにどうして？」

美砂が妙に食い下がる。

「なんだか結婚しなきゃいけないみたいな言い方だな」

塩見はまた苦笑いしていうと、いうべきかどうか迷っていたことを口にした。

「そうだな、あえていえば、理由は美砂かな」

「わたし⁈」

美砂がびっくりした表情で声を大きくした。

「理由のすべてがそうってわけじゃないけど、俺の中にはいつも美砂がいて、ほかの女とはなかなか結婚の一線を越えられなかったんだ」

塩見がそういってから美砂を見ると、美砂は真剣な表情をして黙ってうつむいている。

「どうした?」

「なんていったらいいか、わかんない」

困惑しているようだ。

「俺の勝手なんだから、なにもいう必要はないよ」

美砂が顔を上げた。

見つめ合うと、たがいに求め合うように唇を重ねた。すぐに情熱的なキスになって、美砂がせつなげな鼻声を洩らす。

濃厚に舌をからめ合いながら、塩見は美砂の内腿に手を差し入れた。

気持ちいいほど滑らかな肌を撫で、手に触れた陰毛をまさぐると、美砂のほうも塩見のバスタオルの下に手を忍ばせてきた。

シャワーを浴びた直後の、湿り気をおびた肉びらを、塩見が指でなぞると、美砂が強張りに指をからめてくる。

塩見は唇を離すと、美砂の耳元で囁いた。

「寝室にいって、こんどはゆっくり、たっぷり愉しもう」

美砂はうなずいた。

塩見は美砂を抱いて立ち上がった。美砂も塩見の腰に腕をまわしてきて、ふたりはそのまま寝室に向かった。

独り暮らしだが、寝室にはセミダブルのベッドを置いていた。そのベッドのそばで美砂と向き合うと、塩見はいった。

「美砂の裸をまだよく見ていない。バスタオルを取って見せてくれ」

一緒にシャワーを浴びたときは、ほとんど抱き合ってじゃれ合っていたため、ちゃんと美砂の裸を見ていなかったのだ。

「だって、明るすぎるわ」

美砂が困惑したようすでいった。

天井のシーリングライトが灯っていて、室内は明るい。

塩見としては明々《あかあか》とした照明の下で美砂の軀を見たいと思い、天井灯を点《つ》けておいたのだ。

「明るいとこで見たいんだ。ほら、美砂も取って」

いうなり塩見は自分のバスタオルを取り払った。

「そんな……」

戸惑いを見せた美砂だが、塩見の股間の勃起に眼を奪われている。

「でもわたし、自信がないから、恥ずかしいわ」

微苦笑していうと、美砂もバスタオルに手をかけて取り払った。

まともに初めて見る美砂の全裸の軀を前にした瞬間、塩見は息を呑んだ。感動にも似た興奮で軀がふるえそうだった。

「すごい、きれいだ、色っぽい……」

感じたままのことが、うわごとをいうように口からひとりでに出た。

「やだ、そんなに見ないで」

美砂が妙に華やいだ感じの声でいって、逃げるようにしてベッドに上がった。

塩見もつづき、美砂を抱きしめた。

すでにいちど、島の岩陰で美砂の中に欲望を解き放っていた塩見だが、ベッドの上だとまたちがった。

初めて美砂を抱いているような気持ちに襲われて、あらためて二十年あまり抱きつづけてきた美砂への熱い思いの丈をぶつけるべく、これ以上ないほどきれいに官能的に熟れた軀を撫でまわし、舐めまわした。

それに合わせて美砂が艶かしい声を洩らしながら、熟れた裸身をエロティックに悶えさせる。

その反応に、塩見のほうはますます興奮と欲情を煽られる。

ひとしきりからみ合ったあと、最後に美味しいものを取っておいたように、塩見は胸をときめかせながら美砂の脚を押し開いた。

美砂も興奮と欲情が高まってきていたせいだろう。いやがるようすもなく、昂った喘ぎ声を洩らしてされるままになった。

まさに夢にまで見た秘苑に、塩見は見入った。

5

美砂の秘苑は、気品が感じられる整った容貌とは対照的に、淫猥な感じに見えた。

黒々と艶々しい陰毛が、性器の周囲にまでひろがっているのと、灰褐色のやや肉厚な肉びらが、どこか貪婪《どんらん》な唇を想わせるせいだった。

その淫猥さが、よけいに塩見の欲情をかきたてた。

塩見は両手でそっと肉びらを分けた。

美砂が甘い声と一緒に腰をヒクつかせた。

塩見は思わず眼を見張っていた。

まるでアワビが口を開けたような生々しい眺めもさることながら、あらわになっているピンク色の粘膜がまるでイキモノのようにうごめいていて、まさに活きたアワビの動きを連想させるのだ。

ピンク色の粘膜は、溶けたバターを塗りたくったように女蜜にまみれている。

それに上端に露出しているクリトリスは、かなり大きめで、小指の先ほどもありそうだ。

「あん……」

美砂がたまりかねたようにいって腰をうねらせた。声に艶かしさともどかしさがこもっていた。

「うう〜ん、やァ……」

塩見は興奮のあまり逆上して、秘苑にしゃぶりついた。

そのまま貪るように舐めまわし、大きめの肉芽を舌でこねたり弾いたり、さらには口で吸いたてたてたりした。

欲求不満を持て余しているだろう熟れた女体は、塩見の舌技に文字どおり打てば響く感応を示した。

感じ入ったような喘ぎ声を洩らしながら、たまらなそうに快感を訴える美砂の息遣いと声が、早々に切迫してきた。

「だめッ、塩見くん、もうだめッ、イッちゃう……」

美砂は息も絶え絶えに昂った声でいう。

「いいよ、イケよ」

塩見はけしかけると、また秘苑に口をつけて攻めたてた。

美砂が塩見の頭を両手でかき抱いた。

塩見の顎が密着している秘口のあたりが、ヒクヒク痙攣する。

「アアだめッ、イクッ、イッちゃう、イクイクイクッ！」

ふるえをおびた声で絶頂を訴えながら、美砂は腰を律動させる。

美砂の腰の動きが止まるのを待って、ビンビンに膨れあがっている肉芽を、塩見はなおも舌で弾いた。

「アアッ、それだめッ、だめッ、またイッちゃう！」

美砂は怯えたようにいってたてつづけにイッた──。

塩見は起き上がると、美砂に添い寝する格好で顔を覗き込んだ。

「よかった？」

恥ずかしそうに顔をそむけると、美砂は小さくうなずいた。昂りの色が浮きたった、艶冶《えんや》な表情をしている。

「イッたあとの美砂の顔、ゾクゾクするほど色っぽいよ」

塩見が本音を洩らすと、

「いや」

美砂はさらに恥ずかしそうに小声を洩らした。

「じゃあこんどは舐めっこしよう。美砂が上になって……」

塩見はそういって仰向けに寝ると、美砂をシックスナインの体勢に導いた。興奮し欲情しているからだろう。美砂は躊躇することなく、塩見の上になって四つん這いの体勢を取った。

塩見の顔の真上に、美砂の秘苑があからさまになった。

むっちりとした美砂の尻に両手をまわすと、塩見は顔を起こして秘苑に口をつけた。

「アッ——！」

息を呑んだような美砂の声と一緒に腰がヒクついた。

膨れあがっているため、まさぐるまでもなく、舌にとらえることができた肉芽を、塩見はこねた。

「アアン……アアッ……」

感じ入った声を洩らして、美砂が塩見の怒張を手にして舌をからめてくる。

塩見の舌で快感をかきたてられて、それに対抗するように怒張を舐めまわす。

それも、たまらなそうな鼻声を洩らしながら。

さらに美砂は肉棒を咥えると、顔を振って口腔でしごきはじめた。

塩見は顔を起こしていられなくなり、秘苑から口を離した。

クリトリスは、肉芽だけでなく、根にあたる包皮の部分まで筒状に膨れあがっている。

塩見は右手の中指で肉芽を撫でまわしながら、左手の中指で秘口をこねた。

「うう〜ん、ふう〜ん……」

肉棒を咥えている美砂がたまらなそうに、艶かしい声を洩らして身をくねらせる。

塩見は秘口に指を挿し入れた。

ヌル〜ッと、指が濡れそぼっている女芯に滑り込んでいく。

美砂が怒張から口を離して昂った声を洩らした。

「アアッ——!」

塩見は蜜壺に挿した指を抽送すると同時に肉芽をなぶった。

「アアン、それだめッ……アアッ、またイッちゃう」

美砂は身悶えながら、怯えたようにいう。

かまわず塩見が攻めなぶっていると、また肉棒を咥えた。そして、聞き入れてもらえないなら塩見をたまらなくしてやろうといわんばかりに、攻めたてるように肉棒をしごく。

美砂の口腔粘膜でかきたてられる快感をこらえながら、塩見は蜜壺に挿している指に煽情的な感覚を受けていた。

抽送を止めると、蜜にまみれた粘膜がジワッと指を締めつけてきて、そのままエロティックなイキモノのようにうごめいて咥え込んでいくのだ。

「美砂のここ、すごいじゃないか。俺の指を咥え込んでるぞ」

塩見の興奮した声が聞こえたのかどうか、美砂は怒張から口を離すと、手でしごきはじめた。

「ウウン、もうだめッ。もうしてッ。塩見くんの、これでしてッ」

焦れったそうに腰をくねらせながら、息せききって求める。

塩見は起き上がった。美砂を仰向けにすると両脚を開き、腰を入れた。

美砂の唾液にまみれていきり勃っているペニスを手にすると、亀頭で秘裂をこすった。

「アアンだめッ、それだめッ、きてッ！」

美砂があわてたようすで腰を律動させ、両手を差し出す。

「これがほしいのか」

ヌルヌルしている割れ目を亀頭でこすりながら、塩見は訊いた。

「ほしいの。アアン、焦らしちゃいやッ」

こらえきれずそうなるのか、亀頭の動きに合わせて腰をうねらせながら、美砂はたまりかねたようにいう。

「だったら、なにをどうしてほしいのか、ちゃんといってごらん。いったら、そのとおりにしてあげるよ」

「そんな──！」

塩見の言葉が意外だったのか、美砂は驚いたような表情を見せた。

「いわなきゃ、これはお預けだよ。それでもいいのか」

ビンビンになっている肉芽を肉棒で叩きながら、塩見はいった。

「アアッ、いやッ、いじわるッ」

美砂は苦悶の表情を浮かべて顔をそむけ、ふるえ声で塩見をなじった。

塩見は一瞬、怯んだ。調子に乗りすぎて怒らせてしまったかと思ったのだ。

そこでまた、亀頭で割れ目をこすった。もう一度たまらなくさせてやろうと考えて。

塩見の心配は杞憂のようだった。美砂はすぐまた悩ましい表情を浮かべて腰をうねらせはじめた。しかも、いままで以上にたまらなそうに——。

「アアン、だめッ、アアッ、塩見くんの、入れてッ」

美砂は顔をそむけていった。興奮と欲情が極限に達したような表情だ。

「塩見くんの、入れてッ」

美砂がそういうのを聞いた瞬間、塩見は興奮という火柱に軀を射抜かれたようだった。

これまでなんどとなく美砂とのセックスの場面を妄想してきたなかで、それが塩見がもっとも興奮する美砂の言葉だった。

「入れるよっ」

塩見の声はうわずった。

顔をそむけている美砂が、小さくうなずいた。

塩見は美砂の中に押し入った。

肉棒が熱くぬかるんでいる肉壺に滑り込んでいく。

「アーッ」

息を詰めているようなようすを見せていた美砂が、肉棒が奥まで侵入すると悩ましい表情を浮きたて、感じ入った声を放ってのけぞった。

その直後、塩見は身ぶるいする快感に襲われて呻いた。

さきほど指に受けた煽情的な感覚——蜜壺がキュッと締まって、そのままエロティックなイキモノのようにうごめいて指を咥え込んでいく——を、肉棒に感じたからだ。

——名器だ！

感動に似た興奮をおぼえながら、塩見はゆっくり抽送を開始した。

それに合わせて、美砂が早くも感泣するような声を洩らす。

そんな美砂のよがり顔と声にゾクゾクしながら、塩見は思った。

——この熟れた名器をたっぷり味わって、美砂をイキまくらせてやろう。もう一回射精しているから我慢がきくし、まだあと二回はできる。いろいろ体位を変えたりして、たっぷり愉しもう……。

翌日、遅い朝食兼昼食を摂ったあと、塩見は仕事部屋の前のウッドデッキに出て、コーヒーを飲んでいた。

美砂を送り届けたのは、昨夜——というより今日の明け方の四時ちかくになっていた。

それまで塩見は美砂と飽くことなくセックスにふけって、快感を貪り合った。クーラーをつけていても、ほとんど効果はなかった。ふたりとも汗まみれになっていた。

そんなベッドの中で、美砂はこれからのことを塩見に話した。

美砂は近いうち、離婚するつもりらしい。夫と別れたあと、CA時代の親友と輸入雑貨の店をやる予定だという。

どこか清々したようすでそんな話をする美砂に、その前にどうして島にもどってきて俺と寝たのか、塩見は訊いた。

すると美砂は、新しい人生をスタートしたいと思ったとき、この島と塩見のことが頭に浮かんだのだといった。

さらに塩見は訊いた。じゃあこれで俺たちの関係は終わりなのか、と。

美砂の答えは、塩見を歓喜させた。というのも、店を開いてしばらくは島にもどってくる余裕はないだろうが、できれば塩見がときどき東京に出てきてほしいといったのだ。

そして、美砂はこうもいった。

「ずっとセックスレスできてて、こんな経験したら、このさき辛いわ」

それを聞いたとき塩見は、熟女という言葉をいままでになく生々しく感じた。

「このさき辛い」というのは、熟女ならではの言葉だった。

ただ、このさきといっても、美砂との関係が先々どうなるかわからない。

──それでもいい、なるようにしかならない。

塩見はそう思っていた。

そんな塩見の脳裏に、そんな不確かなことよりもリアルで生々しいシーンが浮かんできた。

それは昨夜の、美砂とのセックスシーンだ。

女上位の体勢で行為をしているとき美砂は、「奥、いいッ」とふるえ声でいって、亀頭と子宮口がこすれ合う快感に夢中になった。

そのときの色気がにじみ出ている腰の、女の欲情があらわになる動きは、貪欲な感じといい、猥りがわしさといい、熟女ならではのもので、塩見の興奮をかきたてた。

さらに後背位での行為では、しなやかで官能的な美砂の姿態に、塩見は煽情されるあまり暴発しそうになった。

そこでいったん怒張を抜き、代わりに指で美砂をイカせてから再度、怒張を使ったのだった。

生々しいシーンを思いかえしているうちに、塩見はふと、デッキから身を乗り出した。

前方にひろがる、真夏の陽が照りつけている瀬戸内の海を、白いフェリーが走っていく。

今日東京に帰る美砂が、そのフェリーに乗っているはずだった。

●初出一覧

人妻と嘘と童貞……書き下ろし

ローション・ラブ……「特選小説」２０００年３月号

熟女になって……「特選小説」２００２年２月号

人妻が妖婦になる時（妖婦と童貞を改題）……「特選小説」２０２２年１月号

あぶない熟れ肌……「特選小説」２０１０年11月号

二十年後の情事（狂おしい夏を改題）……「特選小説」２０２０年９月号

双葉文庫

あ-57-14

人妻《ひとづま》と嘘《うそ》と童貞《どうてい》

2024年3月16日　第1刷発行

【著者】
雨宮慶《あまみやけい》

【発行者】
箕浦克史
【発行所】
株式会社双葉社
〒162-8540 東京都新宿区東五軒町3番28号
［電話］03-5261-4818（営業部）　03-5261-4833（編集部）
www.futabasha.co.jp（双葉社の書籍・コミックが買えます）
【印刷所】
中央精版印刷株式会社
【製本所】
中央精版印刷株式会社

【フォーマット・デザイン】
日下潤一

ISBN978-4-575-52743-8 C0193
Printed in Japan

雨宮《あまみや》慶　**単身赴任**　長編エロス

単身赴任中の江上達郎は、妻との遠距離恋愛のような性生活を送りつつ、赴任先に戻る途上で知り合った女性との逢瀬を楽しむようになる。

雨宮慶　**未亡人ふたり**　長編エロス

高校三年の友部僚太は、越してきたばかりの隣家の未亡人の寝室での肢体を目撃する。劣情を煽られる彼だが反対側の隣家もまた未亡人で。

雨宮慶　**指の記憶**　オリジナル官能短編集

かつての教え子と思いがけず再会した女教師の妖しい淫欲を描く表題作をはじめ、七編の艶めく短編を収録した珠玉の傑作官能短編集。

雨宮慶　**猥色《わいしょく》のラビリンス**　長編エロス

大手商社に勤める吉野文彦は、向かいに住む人妻のセミヌードを覗き見る機会に恵まれる。だがそこには人妻の淫靡で密かな思惑があった。

雨宮慶　**不倫**　——罪の媚薬　オリジナル官能短編集

妻の日記を盗み見た夫の、苦悩と予期せぬ効果を描いた「不倫日記」ほか、ふと陥ってしまう性愛の世界を描いたオリジナル官能短編集。

雨宮慶　**夜顔**　——インモラルな性戯　長編エロス

入浴を覗いたことをきっかけに憧れの叔母響子と禁断の関係を持ってしまった高校生の公太。深みに嵌まっていく二人を待つ結末とは。

雨宮慶　**淫する**　——人妻たちの性炎　オリジナル官能短編集

代議士夫人に抱いた淫心、十九年前に一度だけ関係を持った画家と人妻の再会譚など、人妻たちの崩れていく心情を描いた短編七編を収録。

雨宮慶　熟れて乱れて　オリジナル官能短編集

入院中の年男は29歳下の看護師・由貴子と結婚の約束をしたが、なかなか身体を許してくれない。ある日、年男は由貴子の隠し事を知る。

雨宮慶　熟れ妻は午後に　オリジナル官能短編集

いけないことと知りながら、抑えきれない欲望に身を焦がす、三十路を超えた熟女たちの奔放な性を描く珠玉の短編七編を収録。

雨宮慶　情事の言い訳　オリジナル官能短編集

こうなったらもう……抱かれる以外ない……。男と女がはまり込んだ快楽の罠。艶情に旅情を絡めて描く、オトナのしっぽりエロス！

雨宮慶　助手席の未亡人　オリジナル官能短編集

W不倫中の男女が事故で亡くなった。「遺された夫」は「遺された妻」に接近した。二人のやるせない思いが狂おしき情交を生み出した！

雨宮慶　美人上司とにわか雨　オリジナル官能短編集

芙美子は智彦にとって憧れの上司。にわか雨にあった二人が雨宿りしたのはたまたまラブホテルの前だった。中に入って、中にイレたい！

雨宮慶　未亡人の息遣い　オリジナル官能短編集

准教授である幸音はお固い。未亡人になった幸音を大学の同級生の沢崎がロックオン。強引な手で口説き落とすと幸音の意外な願望が……。

霧原一輝　追憶の美女　日本海篇　ヤリ残し解消長編エロス

事故で重傷を負った康光は、走馬燈のように浮かんだ過去の女性たちを訪ねる旅に出る。意気地がないゆえ抱けなかった美女たちを。

霧原一輝　オジサマはイカせ屋

実践的性コンサルタント長編エロス

独り身のアラフィフ、吉増泰三は会社勤めの傍ら「実践的性コンサルタント」として日々悩める女性の性開発をする。若妻もＯＬも絶頂へ！

霧原一輝　淫らなクルーズ

10発6日の乱倫長編エロス

憧れの美人課長に誘われたのは、ハプバー常連のクルーズ旅で、うぶな鉄平は二穴攻めの３Ｐなど、濃ゆいセックスにまみれるのであった。

霧原一輝　同窓会の天使

長年の想い成就長編エロス

ずっとこの胸を揉みたかった！　昔フラれた彰子と同窓会の流れで見事ベッドイン。今は未亡人の彰子と付き合うがモテ期が訪れて……。

霧原一輝　海蛍と濡れたアソコの光る町

発情サインが見えちゃう長編エロス

春樹はある日海蛍が光る海で転倒。するとなぜか発情中の女性の下腹部が光って見える特殊能力が備わった。オクテな春樹も勇気ビンビン！

草凪優　人妻の達人

オリジナル長編性春エロス

この世で一番エロいのは、人妻という生き物だ――。人妻しか愛せない二十八歳の男とエロすぎる人妻たちが繰り広げる究極の性春エロス。

草凪優　大学生からヤリ直し

書き下ろし長編あのコとヤレた世界線エロス

頭の中は35歳のままで14年前の大学時代にタイムリープ！　今度の人生こそ、憧れの存在だった夕希とヤリたい！　性春ヤリ直しエロス。

草凪優　人妻相談室

相談にも体にも乗るオリジナル長編エロス

あるラブホテルに美人妻たちが見知らぬ男どもの性の相談に乗ってくれる一室がある。流れによってはそのまま実践練習に突入するらしい！